IL MAESTRO DELLE OMBRE

Donato Carrisi

黑城

多那托・卡瑞西——著 蘇瑩文——譯

給我的兒子安東尼歐
我的質與量

一五二一年。教宗利奧十世在過世前九天發布詔書，內容是一條正式規章。

羅馬「絕對、絕對、絕對」不可以處於黑暗當中。

教宗立下規定，在夜裡，所有街道、教堂和建築物都必須照明。燈必須有燈油，庫房必須隨時備有蠟燭。

教宗詔書一出，便是超過三百年的遵循奉行。然而，到了十九世紀末，人類進入電力時代後，這項規定等同多餘。

長久以來，歷史學家和神學家一直在探討利奧十世發布這條規定的原因。經過幾個世紀，各種不同的理論甚或想像猶如繁花盛開地出現。但沒有人能找到真正的解釋。

儘管如此，這紙教宗詔書從未撤銷，直至今日，原因仍是未解之謎。

黎明

1

大停電的時間預計從早晨七點四十一分開始。從那一刻起，羅馬將再次陷入中世紀年代。

這座城市經歷了近七十二小時的惡劣天候肆虐：除了沒有停歇的暴雨，還颳起超過三十節的狂風。

一道閃電擊中四座發電廠其中一座。由於骨牌效應，這個損害會向外擴張，讓另外三座電廠承受超載的危險。

為了維修這次的故障，電力必須中斷二十四小時。

大停電的決定一直到前一晚才宣布，民眾的準備時間非常有限。相關單位保證工程師絕對不會懈怠，供電會在表定時間恢復。話雖如此，所有的通訊都會中斷。所有有線電話、網路和行動電話系統都會中斷。收音機和電視亦然。

在緊急的天候異常狀況下，科技將歸零重啟。

七點三十分，就在斷電前幾分鐘，瑪蒂德・佛瑞在廚房裡洗她早上第一杯咖啡的杯子。她把杯子放在架上，拿起擱在大理石水槽邊點燃的香菸。她久久凝視放香菸位置的那點黃漬。意料之外的平靜，總是存在於最不起眼的事物上。

為了逃避自己的想法，瑪蒂德會躲在這些地方。例如某本雜誌內頁的折角，沒有縫起的一小塊布，或是滑下牆面的一滴凝結水滴。但平靜逗留的時間永遠不夠久，而她一旦看累了，惡魔就會回來提醒瑪蒂德：她永遠離不開禁錮她的狹窄地獄。

*我不能死。還不能。*她告訴自己。然而她卻如此熱切地期待著死亡。

瑪蒂德的表情再次強硬起來。她把菸拿到嘴邊，深深吸了一口。隨後她仰起頭，看著天花板，吐出一片飽含著所有挫折的白色雲霧。她曾經美麗，但如同她母親會說的，她太放任自己。任何人都沒辦法想像她也曾是個少女。大家眼中的瑪蒂德——假如他們有機會看到她的話——是個還太年輕的老婦人。

牆上的鐘顯示著七點三十二分。瑪蒂德拉出排在桌子下的一張椅子，坐在上頭，身邊擺著電視遙控器，一包駱駝牌香菸和一個白鐵菸灰缸。她用沒捻熄的菸頭點燃另一根香菸。

接著，她直視著前方。

「我應該……我應該帶你去理髮院。對，頭髮兩邊太長。」她抬起手臂強調。「而且我現在不喜歡你的瀏海了。」

她點個頭，彷彿要確認這麼做是對的。

「好，我們明天下課後就去。」

她沒再說話，但目光沒有移開。

她凝視著廚房的門。

門後沒有人。門框邊的牆上，由低到高，有約莫二十個記號。每道刻痕都用了不同的顏色和日期。

最高的刻痕是綠色的，旁邊寫著：一〇三公分，五月二十二日。

瑪蒂德突然回神，像是從著魔的狀態中醒來。她回到現實世界，抓起遙控器瞄向放在餐具櫃上的電視。

螢幕上是一名穿著粉紅色合身外套的金髮女郎，鏡頭只取了她的上半身。螢幕下方的字幕寫著：羅馬將在二月二十三日七點四十一分進入特殊狀況，直到大停電預計結束時間為止。電視主播以鎮定又冷靜的語氣讀著一篇新聞稿。「為了避免發生意外，有關單位規定所有交通必須暫停，除了市區內禁行之外，車輛亦不得駛離市區。在此提醒各位，由於天候惡劣，機場及車站自昨天便已關閉。同時，我們建議所有市民留在家中。我希望，為了各位自身及親友安全，不要嘗試離開羅馬。」

瑪蒂德想，反正她無親無故，也沒地方可去。

「除非必要，白天請勿外出。若有需要，請在窗前掛上白色被單，以便在街上巡邏的急難救助隊與您聯繫。我在此提醒大家夜間務必遵守日落前一小時開始的宵禁規定。從此刻起，部分個人自由將受到限制。」

瑪蒂德心想，主播平和的語氣和友善的手勢本該讓人安心，這時卻帶來了相反的效果，顯得荒謬又令人不安，好比飛機都已經成了自由落體，空姐臉上卻還掛著笑容。

「警方將密集巡邏所有街區，全權掌握公共秩序及所有細節：即便單憑懷疑，員警也有權逕行逮捕。在大停電期間肇事犯行者，將會受到最嚴厲的審判。儘管如此，有關單位仍強力勸導民眾留在家中並採取必要措施，避免讓惡意陌生人進入家中。」

聽到這段話，瑪蒂德．佛瑞收回仰望天花板的頭。她突然感覺到一陣寒意。

金髮主播把講稿放在面前的桌子上，直視攝影機。「相信各位一定會合作，我們將在緊急狀況結束，也就是二十四小時後為您播報下一節新聞。再過幾秒鐘，警報即將施放，宣告停電及斷訊。緊接著，非常措施會立刻生效，大停電正式開始。」她沒有向觀眾致意，而是用個無聲的微笑取代。接著，一行字取代了她在螢幕上的臉孔：播報結束。

在這一刻，外頭響起震耳的警報聲。

瑪蒂德看著窗外。這時雖然還是白天，但惡劣的天候遮蔽了天色，感覺宛如黑夜。廚房天花板的燈雖然亮著，但沒讓瑪蒂德比較安心，她盯著燈泡看，心知燈泡隨時會熄滅，只是不會立刻發生。雨繼續下著，每一秒鐘都膨脹成難以忍受的永恆。瑪蒂德再次看向牆上的掛鐘。七點三十八分。不，她不能再等了。她必須讓這些鑽鑿著她腦袋的可惡警報聲停下。她把第二根香菸捻熄在菸灰缸裡，走向一個她好幾年沒用卻不知為何仍插著電的攪拌機。她先啟動了攪拌機，隨後輪到烤麵包機，她同樣轉開計時器。接著是抽油煙機、洗衣機和洗碗機。沒為了什麼特定原因，她隨手拉開冰箱門。最後她打開放在水槽旁邊的收音機，她一向把頻道固定在古典音樂電台。巴哈奮力在一片噪音中闖出自己的天地，最後頹然放棄。瑪蒂德．佛瑞在啟動所有家電、打開所有電燈後終於坐下來，打算再抽根菸。她又看著牆上的掛鐘，開始倒數計時，等待黑暗和寧靜的來臨。

在秒針努力跳動時，電話響了。

她看著話筒，嚇了一大跳。那是唯一不是她製造出來的聲音。她已經好幾年沒和人往來。此外，仔細想想，這電話根本不應該出現在她家裡，出現在她這個強迫自己保持孤獨的巢裡。她孤立的世界無異因此有了破口。電話鈴聲是喧囂聲中的尖叫，宛如在乎喊她的名字。瑪蒂德有兩個解決方式：一是等待，讓停電來結束這個折磨，或是自己採取行動去接電話。

好幾年沒人打電話給我了。沒有人有我的號碼。

讓她從椅子上站起來的，並非好奇，而是預感。她拿起老舊電話的聽筒，慢慢靠到耳邊。她微微地顫抖。瑪蒂德聽到像是訊號不良的短促雜訊。接著，在刺耳的雜訊後方出現了一個背景聲。

一個小孩的聲音。

「媽媽，媽媽！媽媽！來接我，媽媽！」充滿恐懼的聲音苦苦懇求。

他上幼兒園的第一天，瑪蒂德便要他背下家裡的電話號碼。她覺得這個號碼比手機號碼好記。她又看到那一幕：他坐在這同一個廚房的桌前，剛吃完早餐——牛奶、餅乾和葡萄果醬。瑪蒂德跪在他面前，替他綁鞋帶。與此同時，她的兒子重複背誦電話號碼，她跟著用嘴型默唸，免得幫太多忙。瑪蒂德想確認兒子把號碼背熟。

從前的影像和來時一樣消失。瑪蒂德・佛瑞回到了現在，雖然情緒激動，但仍然成功地說出：「托比亞……」

她用手遮住另一側耳朵，因為家電發出來的噪音讓她沒辦法聽清楚。

「別把我丟在這裡！不要放我一個人！我在這裡，」在兩聲雜訊間，電話另一頭的聲音說：「我在……」

所有的噪音最先停止，隨後廚房裡所有光線同時熄滅。影子如刀子般落下，瞬間沒了動靜。

瑪蒂德這才發現聽筒同樣安靜了下來。

就像從來沒發出過任何聲音一樣，彷彿她剛剛聽到的純粹出自想像——或出自她的瘋狂。

現在，瑪蒂德渾身打顫。她再度看向牆上的掛鐘。

七點四十一分。

2

七點四十一分，警報聲停止。

然而，在大停電之初，最明顯的特色並非所有電器用品同時停止——數十年的科技發展瞬間消失，不是通訊突然中斷，也不是隨之而來的孤立恐懼；而是宛如來自過去的幽靈般，突如其來、不真實又陌生的安靜。沒有任何一個羅馬居民習慣的這種寧靜，在單調的大雨襯托下，只更讓人不安。

驟然來到的安靜讓他活了過來。

他從窒息的沉睡中醒來，絕望地尋找空氣。到了第三次嘗試，他終於成功地將一絲氧氣吸入肺部。他不只是睡著而已，他昏迷、失去了意識。但他睜開雙眼，卻迎來另一種黑暗。

我瞎了。

他之所以呼吸困難，可能是因為姿勢的關係。他平趴著，雙手反折在背後，兩個拳頭被冰得凍人的東西鎖住。是手銬嗎？他先試著跪起身子，好結束幾近窒息的痛苦。他感覺到肌肉在呻吟，感覺到自己的關節痛苦地恢復活動能力。這整個過程很費力。

我沒穿衣服。我胸腔好痛。

氧氣再度灌入他的腦袋，他的視野中有小小的光球在舞動。不，他沒有失去視力：是圍繞著他的世界被虛無給吞噬了。

我在哪裡？我是誰？

他很迷惘。外頭一片漆黑，他的內心也一樣。

我是誰，我在哪裡？

除了遠處的雨聲之外，他只能靠嗅覺了。這地方瀰漫著一股惡臭，停滯的水夾雜著另一種味道。

死亡的味道。

他覺得冷。咳了幾聲，聲音迴響的方式讓他嚇了一跳。他又咳了一聲，仔細聆聽，計算回音出現的間隔。情急之下，他利用聲音當作聲納，來探測所在空間的大小。他用膝蓋當支點旋轉身體，重複相同的測試。但這不夠。於是他挺起腰試著站起來。第一次的嘗試讓他側面倒地，但第二次他成功了。

他的腳踩在黏糊潮濕的泥漿中，他感覺得到泥巴下方是石頭，而且是處理過的石塊。知道自己不是處於土坑中，他安心了一點。因為他不可能逃出土坑。但如果是建築物，那就不同了。建築物一定有入口，換言之，也就是出口。他在黑暗中前進，不計一切想找到出口。地面高低不平，但他成功保持平衡。他抱著希望，不要碰到讓他前進的阻礙，走動著想尋找牆面。既然他沒辦法把雙臂往前伸，最後一定會撞到牆壁。

碰撞雖然輕，卻讓他更難以呼吸。他慢慢吐納，等待撞擊的力道退去。

隨後，他把左頰貼在牆上，感覺到一片光滑的壁面。是岩石。他決定沿著壁面往前走，直到找到一扇門或是開口為止。他踏出的第一步就踢到一塊尖銳的石頭，讓他的腳趾疼痛難當。憤怒之下，他更小心翼翼地前進。他對這片空間逐漸有了概念。他走動時沒有碰到任何轉角。

這是一處圓形空間。

空間由大石板層層疊起，這表示這地方年代久遠。一開始，他沒想到這個空間如此之大。然而他越是前進，就越覺得自己搞錯了。這牆彷彿沒有終點。該死的，門在哪裡？石塊冰冷的寒意滲入他的皮膚，他打起哆嗦，覺得呼出來的熱氣似乎在面前凝結成形。如果他不趕快離開這個地方，他很可能死於失溫。他要自己不去多想。這時，他突然停下腳步，因為他碰到某個熟悉的東西。

不久前才踢到的尖銳石頭。

起初，這只是個直覺。他寧可付出一切，也不想面對這個剝奪他所有希望的事實。但那「東西」立刻確認了可怕的真相。

他在原地繞圈圈。這個地方沒有任何出口。

像個墓穴，他想，我的墓穴。這不合理：他既然會出現在這裡，表示這個空間一定有個出入口。然而這個讓人愉快的結論迅速被另一個同樣合乎邏輯的推演給推翻。

有人把他砌在裡面，活活砌在這個空間裡。

他靠在牆上讓自己往下滑，最後蜷著身子倒在地上。他感覺到痛苦猶如一陣熱潮湧上他的全身。驚慌會毒害理智。他試圖驅走驚慌，努力重新掌握理智，可惜徒勞無功。我是誰，我在哪裡？我是誰，我在哪裡？我是誰，我在哪裡？……一絲溫熱從他的鼻子流到嘴唇，淌到他的嘴角，他嚐到了黏稠的液體。血。他的血。

鼻血。

他從來不知道自己為什麼，或預知何時會流鼻血：任何時候都有可能。他唯一確定的，是這個症狀成了他的一部分，如同他身體或性格上的特徵。一個在他生活中已經習慣的細節。過去，他從不瞭解天主為什麼要給予他這個惱人的小遺憾。現在他終於知道了。祂之所以這麼做，是讓他在這個不幸的日子裡能全力抓住這個細節，用來解放他黑暗的記憶。

我叫馬庫斯，他告訴自己，我有流鼻血的毛病。其餘的記憶宛如潮水，無法遏止地一湧而上。我是神父。我是隸屬靈魂法庭的聖赦神父。我是這個教會的最後一個成員。沒人知道我的存在，沒人曉得我的身分。他對自己複誦他知道的訊息：「在光明與黑暗的交界之處，一切都可能發生：那片幽暗之地，萬物模糊迷離，一片混亂。我受指派成為邊界的守護者。不過，偶爾會有越界情事……我是追黑獵人。我的責任是將其驅回黑暗世界。」

他鎮定了些。因為他最恐怖的惡夢——除了被活埋在地下墓穴之外，是再一次忘了自己是誰。幾年前，在布拉格的旅館房間裡頭部中彈後，他意識恍惚地躺在醫院的病床上。失憶是一片平靜的海面，沒有風也沒有洋流。他在這片什麼也沒發生的海洋上沒辦法航行。他在那裡動也不動，靜靜等待從未到來的幫助。

一天晚上，他的導師克里蒙提來到他的床邊，說明了他的過去，交換條件是一個讓他交付餘生的神聖諾言。他接受了條件。沒有人能夠把記憶還給他，但從那一刻起，他可以創造新的記憶。就那麼辦吧。馬庫斯不想遺失記憶，儘管其中痛苦的居多。

現在克里蒙提過世了。他擁有一個名字，這是他最珍貴的財產。他對發生在布拉格之前的記憶，只剩下左太陽穴的一道傷疤……和他流鼻血的毛病——這要感謝上帝。

胸口的一陣劇痛又一次讓他停止呼吸。馬庫斯本能地彎下腰，希望能止住疼痛。他不知道這陣疼痛從何而來，他這輩子從來沒有像這種感覺——至少在他記憶當中沒有。彎腰的動作奏效。和來時一樣突然，疼痛消失了。

事情還沒結束，他心想。從原本會將他帶入死亡的睡眠中甦醒還不夠。他還是可能會死。事實上，他沒辦法掙脫束縛他的手銬。因此，在恐懼再次佔據上風、剝奪他求生存的本能之前，他竭力想重建自己的遭遇。他暫時放下想知道身在何處的問題，因為眼前還有當務之急。

他怎麼來到這裡的？為什麼被上了手銬？但最重要的事：對他下手的人是誰？

一道堅不可摧的黑牆阻撓著他的思緒。他記憶中的最後一件事，是羅馬的電力網絡出了問題，有可能全面停電。但他不知道在那之後又過了多久，他確定不是以天或星期計算。證據是：他還活著。早在外面的世界之前，他的腦子裡便先斷了線。縱使是短暫失憶，沒有損及他現存的記憶，馬庫斯仍然十分恐懼。

原因是什麼？是窒息嗎？

他必須拼湊出事情的經過，一如秘密探訪犯罪現場那樣，在被絞殺、分割或燒毀的屍體上讀出邪惡的徵兆。因為這是他最擅長的事：尋找違常之處。例如尋常的畫布裡幾不可見的折痕。例如事物架構中的缺陷——比方他流鼻血的毛病。這些通往另一個象限的小門通常會揭露隱藏的面向，好比通往不同真相的秘密通道。

話雖這麼說，但現下沒有任何沉默的屍體讓他檢視。

這一次，受害者是他自己。

最重要的是，並非他所有感官都能發揮偵察作用。除了記憶外，他的觸覺因為雙手被上了手銬而無法發揮。遑論他還少了視力。在黑暗中，他只能憑聽力和嗅覺來判斷。雨聲宛如輕微但持續的敲擊，刺鼻的潮濕氣味讓他知道自己在地下。也許是蓄水槽，也許是地下道。可惜，他推斷不出其他資訊。

讓他分心的，是胸口再次傳來一陣讓他喘不過氣的劇痛，這種感覺，就像有人拿刀刃刺進他的肋骨。為什麼這麼痛？他的胃彷彿想用力擠出體內的某種毒素。

他心裡的畫面，是有蟲正在他的胸腔裡鑿巢築穴。

痙攣消失了。違常之處，他告訴自己。這是唯一讓他堅不放棄的希望。

他的起點是自己的死亡。

把他關在這下面的人脫了他的衣服，給他上了手銬。儘管如此，除了胃部上方不時出現的不明痙攣之外，馬庫斯並沒有受傷。

他想讓我餓死。

他重新思考自己走向死亡的幾個不同階段。幾天沒吃東西之後，再也沒有物質或脂肪來促進新陳代謝，身體機制會開始燃燒肌肉。也就是說，他的身體會自我消耗。無法形容的痛苦會讓他的體內器官紛紛抗議，直到最後因為精力消耗殆盡而放棄。這個漫長的折磨可能會延續好幾個星期。當然了，馬庫斯也可以吞食牢獄地上的腐水和泥巴。這可以減緩他脫水的速度，但換言之，也只是延長他的痛苦。說起來，將他監禁在這裡的人脫掉他的衣服、給他上了手銬算他運氣好，因為上肢活動受限和失溫雖然會帶來額外的痛苦，但也會加速死亡的速度。

他為什麼為我選擇這種死亡方式？

這個意圖謀殺他的人想讓他陷入瘋狂，讓他啃噬自己的血肉來解除飢餓帶來的痙攣。馬庫斯讀過洞穴探險家受困在地下洞穴的故事，日復一日，在沒有食物以供生存的情況下，他們最後發展出食人的本能。強壯的人吃掉虛弱的人。無法支配其他人的人，就等著淪為食物；而同一時刻，他們還會有種壓抑不住的衝動，會想吃掉自己部分身體。這種時候，胃戰勝了大腦——理智無法控制食慾。

我是幹了什麼事，竟然得遭受這樣的待遇？

「值得」是關鍵字。

第一個違常之處：想謀殺的人不只是想單純的殺掉他。他想要的是懲罰。在古羅馬時代，飢餓是一種很常見的虐待。

「監獄，」聖赦神父自言自語：「我在監獄裡。」

從打造牢房的凝灰岩來判斷，這地方應該有上千年的歷史。在羅馬，像這樣的地方大概有十來處。

不對，他想。他把我帶到這裡來有確切的目的。他要我醒過來，這是他沒有立刻殺了我的原因。他想要我慢慢死去，但最重要的，是他要我知道。

對方有虐待狂傾向，他要我認出我所在的位置。所以他要我保持清醒，永遠出不去。

正因為如此，馬庫斯應該知道這個監獄和其他地方的差別。他再次把腳踩進潮濕的泥水中。

第二個違常之處：水。

水的溫度比雨水冷。不是從上方流下來，而是來自下方。是地下水，拉丁文是Tullius。從卡比托利歐丘陵邊凝灰石岩洞湧出來的地下水，也就是馬梅爾定監獄——或稱圖里亞諾——的所在。所以他在圖里亞諾，這個地下牢房分隔成兩個部分。上層用來作為獄卒審訊、折磨或虐死人犯的空間。下層則是禁錮遭到拘提、等待受審訊的人犯。在等待期間，他們聽得到同伴在上層的尖叫，提早品嘗到他們即將面對的命運。

如果他在圖里亞諾，那這個地方就有出入口。

要證明這件事，只有一個方法。馬庫斯背抵著牆，腳跟用足力氣讓自己站起來。確定站穩後，他慢慢朝想像中的牢房中央位置前進。雖然在黑暗中很難保持確定的方向，但既然牢房是圓形，那麼他只要穿過這個圓的半徑就能抵達。他完全不曉得要多少步才能走到中心。跨出大約十來步之後，他感覺到頭頂上方有動靜。

一股微弱的風。

他停下腳步。上方一定是圓形牢房通往上層的出入口。但距離多遠？就算他雙手沒被銬起來，能夠往上跳，也絕不可能跳得夠高。難道可以……說不定想殺他的人就是因為這樣才將他的雙手銬起來。馬庫斯暗暗詛咒。但是他不該讓憤怒勝過理智。這個地方，加上給他上手銬，對方做出這兩個選擇一定有其動機。否則還能有什麼解釋？

第三個違常之處：他赤身裸體。

為什麼把我脫光衣服留在這裡？

答案是，*為了羞辱我。他脫掉我衣服的原因是我是神父，儘管我沒穿著神父的黑衣。*對神職人員最惡劣的羞辱是脫掉他的衣服嘲笑他。耶穌基督最後是裸身被釘在十字架上。此外，他身為神職人員的身分，也是他立刻推斷出自己身在馬梅爾定監獄的一個原因：根據傳說，耶穌的門徒彼得和保羅曾經被關在這裡。馬庫斯的獄卒早已預知他會得到這個結論。

彼得和保羅成功逃出這個地方……*他提供我自救的可能，聖赦神父這麼想，*重新拾回了希望。

彼得和保羅感化了他們的看守，最後用圖里亞諾的水為他們洗禮。

這是他給我的考驗。

「水……受洗……洗禮池……」馬庫斯列舉細節，嘗試以目前掌握的資訊來尋找意義，或甚至只是關聯也好。水能洗淨靈魂。淨化的靈魂能進入天堂，到達上帝的榮耀之地。

同樣地，他能夠從上方的開口爬出去，為自己掙得自由。每一件事都有象徵意義。馬庫斯知道他離謎底不遠了。

「靈魂在我們體內……所以救贖也在於自己。」

馬庫斯聽到自己講出最後這句話立刻閉上嘴巴，把其他想法掃到一邊，擔心剛才掌握到的片段又消失不見。這當中一定有隱情。

第四個違常之處：他胸腔的疼痛。

「我沒有受傷。」他再次告訴自己。

疼痛短暫地發作過幾次。他該怎麼形容這個痛法？劇烈的抽痛。痛到他無法呼吸。

呼吸。他心想。如果他沒醒來，他會死於窒息。窒息會讓他失去清醒，導致失憶。他再次想像飢餓的蟲子在他胸腔裡挖掘巢穴。

窒息和疼痛都不是病理上的問題。是某種原因造成的。那麼，他知道自己該怎麼做了。

他再次跪下，把身子往前傾，開始咳嗽，而且越咳越猛，希望能引發胸口和肋骨下的劇痛。他猶如告解者般地赤身裸體平趴，終於誘發了足以拯救他的疼痛。他用力收縮橫膈膜，幫忙胃排出異物。他先感覺到一波劇烈的痙攣，接著又是第二波，隨後開始嘔吐。他吐出了食物、水分，這些東西沿著食道往上衝，帶出了他判斷正確的證物。

他強迫我吞下某個東西。一個詭異的物體——一隻昆蟲。

這隻昆蟲一動也不動，可能是卡住了。他必須把它弄出來。他接著催吐。每次嘔吐都很痛苦，但是他能感覺到那東西慢慢往上爬。當他吐盡食物殘渣後，他開始吐出胃酸和血水。他舌尖嚐到帶著金屬味的血腥，儘管擔心內出血，他依然繼續吐，不時停下來喘氣。這時，侵入他體內的蟲子一公分一公分地被推擠出來。

是魔鬼。化身為昆蟲，附身在我體內的魔鬼。天主，請幫助我。全能的主，幫幫我。

他的雙眼火辣辣的，下巴幾乎要脫臼。如果他再昏過去，絕對不可能再醒過來。絕望之下，他更加猛烈地狂嘔。他的嘴巴除了血水之外，終於碰到某件固體。就像驅魔般，他將魔鬼驅逐到體外——但他還不能確定。

最後，他聽到噹的聲響。聲音近在咫尺，就在他面前。

他沒等到自己舒服一點，立刻把臉埋進泥巴中，用剛剛吐出異物的嘴巴去尋找那東西。他的嘴唇擦過一件金屬物品。他猜對了。

所謂的昆蟲是一支小小的鑰匙。

他用牙齒咬住鑰匙，再次爬向牆邊。他讓鑰匙掉落在牆腳，背過身用指尖抓住鑰匙。焦急延緩了他的動作，好不容易才把鑰匙插進鎖孔打開手銬。雙臂恢復自由後，他回到之前感覺到的風口處。為了避免滑倒，他先清開地上的泥巴，才高舉雙臂，縱身往上跳。他什麼也沒摸到。第二次嘗試依舊枉然。到至少第六次往上跳時，他摸到了牢頂的石塊。又跳了十來次，他總算緊緊抓住圓形開口的邊緣。他用盡全力把自己往上拉，把手肘撐在上層的地面，就算皮膚劃傷也沒有鬆手。

他發揮所有肢體力量——包括指甲、肌肉、骨頭——在砌石地上往前爬。

他終於爬出了地牢。但在外頭等著他的仍舊是一片黑暗。

他敞開雙臂，躺在地上等待力氣恢復，胸腔劇烈起伏，宛如幫助呼吸的活塞。他劃了一個十字聖號表達感激。接著，他開始整理思緒。他記得圖里亞諾監獄的上層有許多條對外通道，只要摸索就能找到出口。他站起身時，膝蓋撞到一個東西。他伸手，辨認出自己摸到的長型塑膠物體：是手電筒。他打開手電筒，強烈光束瞬間照亮他的臉，讓他不得不閉上雙眼。他將光束轉向通往下方相連空間的開口。

等在開口後面的是一片漆黑。

馬庫斯擺動手電筒，探照室內空間，這時才看到他的衣服在角落邊。讓他意外的是衣服折得非常整齊。早已凍進骨子裡的馬庫斯立刻抓起衣服。他的衣服被雨水打濕了。這麼說起來，我在這裡的時間並不久，他心想，否則衣服早就乾了。他別無選擇，只能穿上。隨後他又有了新發現。

一雙白色布鞋取代了他慣穿的黑皮鞋。這鞋子從哪裡來的？

穿好衣褲後，他把手伸進長褲右邊口袋，尋找大天使米迦勒——聖赦神父的守護天使——的圓形垂飾。摸到垂飾時，他也發現了一張折成八等分的紙。他看了好一會兒才攤開來。

這張紙是從筆記本上撕下來的。他認得上面的字跡。然而，追黑獵人有一條守則，他們不能留下任何足以揭露自己存在的線索。他不做筆記，不錄下自己的聲音，避免錄影或照相，沒有任何足以追溯他足跡或將他定位的電子裝備，連手機都沒有。因此他覺得這張紙比那雙白鞋更奇怪。紙上只寫了幾個字：

找出托比亞・佛瑞

這是他留給自己的字條。過去的馬庫斯在短暫失憶、困在惡臭的黑暗洞穴之前，找出了和現在這個馬庫斯的聯絡方式。

這幾個字有種急迫的意味。托比亞・佛瑞是誰？他認識嗎？要重建他在斷電之前那晚最後幾小時的遭遇，只能靠這個名字了。

在尋找出口前，他又看了通往下面牢房的洞口一眼。他有種感覺，覺得自己不是獨自一人。彷彿，在那下面，有另一個人蜷著身體和他在一起；有一對能夠在黑暗中視物的沉默雙眼。

3

日落前七小時又二十四分鐘

公共場所、商店、辦公室及學校仍然關閉，重啟的時間尚未訂定。路燈熄了，交通號誌也不亮。除了救護車、執法單位的汽車及消防車以外，所有車輛都禁止上路。連地鐵也沒有運作。大家只能靠雙腳步行。

至此，這座城市應該空無一人才是。然而每個人面對緊急狀態的方式都不同。許多人不顧相關單位的警告和建議，執意外出體驗少了車流和觀光客等日常喧囂的羅馬，陷入了類似集體瘋狂的奇特歡欣之中；他們無視於惡劣的天氣，聚集在橋上、廣場上，以慶祝這座自詡「永恆」的城市即將面對嘲弄性十足的大停電。

馬庫斯走在人群當中，一如往常地隱身其中。他雙手插在外套的口袋裡，豎起衣領，駝背依著牆邊走好避雨。

他好比這場即興嘉年華中的外星人，但沒有人注意到這一點：大家都忙著驅走沒人想明說的恐懼，這才是人們蜂擁出門的真正原因。只要還是白晝，只要微弱的陽光還能讓人辨識面孔，一切對他們來說都新奇又歡樂。事實上，馬庫斯很清楚這種沒說出口的恐懼。

沒有人知道日落後會發生什麼事。

儘管相關單位採取了防範措施以免發生混亂，也發出了安撫人心的訊息，但黃昏代表著一個象徵性的界線。暮色落下後，這個城市便會成為黑影的領土。目前黑影只是隱藏著，但它們會趁黑從藏匿處冒出頭，恣意釋放最危險的衝動。

正因為如此，馬庫斯加緊腳步：他有種不好的預感。否則，還有什麼能解釋他口袋裡的那張紙。

找出托比亞・佛瑞。

若非情況和今天不同，他做的第一件事會是走進網路咖啡店上網搜尋。但斷電改變了一切。原本簡單的做法如今變成了不可能的任務。因此，馬庫斯決定把他位於賽彭提路的閣樓房間當成第一站，先換上乾衣服。他必須動作快，因為他擔心有人監視他的住處，以確認他沒能逃脫在圖里亞諾的折磨。他對敵人完全沒有記憶，無法瞭解自己為什麼會有生命危險，這時，他只能信任自己必須謹慎行事的直覺。

來到住處附近，他在路邊轉角停下，盡可能低調地環顧四周。在蒙蒂區的巷弄裡，年輕人紛紛湧向瘋狂慶祝的擁擠處。他們又喊又笑，雨聲幾乎蓋不住迴盪在建築物之間的歡騰喧鬧。

馬庫斯在一處門口定定地等了約莫一刻鐘，判斷這裡安全無虞：沒有任何可疑之處，也沒有人等著他，這才離開藏身處。

他走進老公寓，爬上樓梯。這麼多年來，其他住戶似乎從來沒質疑過閣樓住著什麼奇怪的人。馬庫斯甚少露面。白天，他關在自己的房間裡，避免發出噪音；晚上出門執行任務，到凌晨才回來。

來到棲身的閣樓房門口，他從門框邊一個小壁洞裡拿出鑰匙開門。

一切都和他離開前一樣井然有序。裝衣服的行李箱打開著放在地上，角落裡有一張床墊。在他床墊邊牆上的十字架下，他手寫了一些字。這些紀錄得回溯到他首次違反聖赦神父留下書寫資料的禁令——遠在他在口袋裡找到那張紙條之前。那是在布拉格事件和他嚴重失憶之後的事了。從布拉格回到羅馬後，他絕望地嘗試回想自己的過去，於是寫下在他睡夢中出現的片段回憶——宛如茫茫大海一塊塊沖刷上岸的內心沉船碎片。到了現在，那些字跡已經褪色，它們是已經消逝的痛苦。馬庫斯不再擔心過去發生的事：他只怕那些事再次發生。

就像這晚一樣，他心想。忘了過去幾小時之間的遭遇，讓他覺得很困擾。那只是過渡期，或是失憶還會再發生？

他邊思考邊換衣服。如果可以，他也想換掉被雨淋濕的帆布球鞋。問題是他只有一雙鞋，而且目前下落不明。他坐在房間裡唯一的椅子上穿上布鞋。突然間，他停下動作：有個東西吸引了他的注意力。床罩上有一張他熟悉的照片。

*沒人知道我的存在，沒人曉得我的身分，在圖里亞諾監獄裡，他曾經幾次這麼告訴自己。*但這話不確切：有個人認識他。這張照片就是證明。

褪色的照片上是個女人的影像，他在特拉斯特維雷的紀念品店買來拋棄式即可拍，偷拍下這張照片。他清楚記得拍下照片的那一瞬間。

在最後的道別後——和那個他永生難忘的吻，他經常偷偷跟蹤她。照看她、確定她平安的強烈需求驅使他那麼做。就這樣而已，他再三告訴自己。但有一天，他想拍下她的照片。某個秋天早晨，他等著她離開住處。當天，羅馬吹著涼風，陣風短暫但強而有力。在一陣大風吹來時，她正好轉過身，彷彿那陣風正輕喊著她的名字：珊卓拉。

馬庫斯拍下那個瞬間。

這張獨特、寶貴的照片掌握了她整個人的精髓，展現出她的力量和溫柔。以及她目光中的憂鬱。

馬庫斯把這張照片保存在枕頭下。有她等在閣樓裡的念頭，讓馬庫斯有回家的感覺。但照片現在卻不在原來的位置。這只有一種解釋。

有人進來過。而離開時，那個人刻意留下痕跡。

馬庫斯小心地拿起照片。照片下有一個小小的黑曜石十字架。他立刻明白這個東西的意義。

有人召喚聖赦神父。

4

巴蒂斯塔·艾里阿加站在他豪華頂樓公寓面對帝國廣場的大型凸窗前面。雨水灰黯了宏偉的景觀，但這位紅衣主教不在乎。他摩挲右手無名指上的權戒，沉浸在自己的思緒中。這個無意識的動作能幫助他思考。

他背後，粉紅色石灰華岩大壁爐裡的炭火發出細碎爆裂聲。舞動的火焰照映在白色沙發和牆壁上，為淺色大理石雕刻的美少年臉龐染上了顏色，混合了桂爾契諾三連畫的色彩——這幅畫曾經是十七世紀紅衣主教洛多維西的私人收藏，甚至為佩魯吉諾筆下聖母哀悼的面容添加了色彩。除了這些名作，牆上還有基蘭達奧、安東尼奧·德爾·波拉約洛、保羅·烏切洛和菲利普·利皮的珍藏。這些收藏品直接來自梵蒂岡博物館，在教廷權勢在握的艾里阿加要求——而且成功地取得——用這些館藏來裝飾自己的豪宅。艾里阿加在菲律賓度過不幸的童年和少年時期，他希望日後只把目光放在美麗的事物上。然而，在這一刻，這些藝術品並沒能給他帶來任何安慰。

他的這一天很早就開始，而且是以最壞的方式開始。

想想，昨晚聽了氣象報告之後，他本來打算趁暴雨來襲時待在溫暖的家中，坐在他最喜歡的椅子上，以莫札特的音樂、古巴蒙特克里斯托二號雪茄和一瓶格蘭菲迪一九三七年珍稀威士忌為伴。

這些日子以來，梵蒂岡瀰漫著一股崇尚樸實的風氣，儘管如此，艾里阿加仍然不打算放棄他的物質享受。其他紅衣主教在公共場合的衣著和態度越來越平實，把奢華享受留在私領域中，但艾里阿加不同於同僚，對流言蜚語嗤之以鼻。他繼續穿在切斯塔利大道上訂製服裝店裡買來的絲綢和毛海罩衫，掛著鑲有海水藍寶和紫水晶的黃金十字架。他經常光顧梵蒂岡高層通常用來和政治圈或商界簽訂協議的餐廳，例如萬神殿附近的活水餐廳——他喜歡點這裡的北京式湖魚片，或是到聖維托里歐區的韋蘭度餐廳大口吃下佐牛軋奶油的栗子冰糕。而且，這些美食理當搭配最昂貴的葡萄酒：例如香波蜜思妮的或蒙塔奇諾。理由很簡單：他永遠不和其他人一樣。

靈魂法庭的魔鬼辯護者擁有極大的權力。

這位羅馬的「首席告解神父」知道人們最私密的罪孽，而且利用這些罪孽來訂定契約，來安撫他在教會內外的敵人。我們大可稱他這些尋常的警告為「勒索」，但艾里阿加比較喜歡把自己當成家庭的慈父，偶爾有人來找他，也是為了將他的孩子們引回正途。他主張——尤其是對他自己——他追求的是「內在目標」，只不過萬事都太巧，正好完全符合他的利益。

到現在，羅馬臣服在他腳下已經許多年了，這全都要歸功於他掌握的秘密。

許多人在涉入不法案件後，會犯下致命的錯誤：透過神父來減輕良心上的負荷。至於平常神父不能赦免的重罪，則會上報到靈魂法庭——天主教徒犯下所有嚴重過錯 *culpa gravis* 的最後審判庭。紅衣主教因而全盤知情。艾里阿加打從頭就知道自己會從這些罪人身上撈到好處。事情一向如此：這些人一開始的確是真心悔改，但不費吹灰之力，就可以讓他們再犯。

寬恕。寬恕是滋養誘惑的最佳方式。

艾里阿加懷念宗教裁判所還存在的年代，當年，罪犯會受到嚴厲的體罰。事實證明，許多罪犯和異端分子最後改變了信仰，不再受到魔鬼的誘惑。

肉體的疼痛可以根除罪惡。

話雖如此，只可惜這位紅衣主教沒有相同的說服工具，因此他極其厭惡情況失控。

然而，前一晚有兩件讓他深感不安的消息。首先是因預期外的惡劣天氣所造成的大停電決定。消息一出，他立刻想到歷史上一個確切的時刻：教宗利奧十世的預言，想著想著，他感覺到心底湧上的奇特焦慮，彷彿他血管裡流動的是冰水。

他在斷電後得知第二個消息，當時他睡得十分不安穩卻又醒不過來。起初他還慶幸秘書的聲音讓他從折磨中解脫，但在他看到秘書時，才發覺後者是來報喪。

梵蒂岡的高牆裡有人猝死。

艾里阿加並不迷信，然而他不得不自問這兩件事有什麼關聯。

預言……預兆……

他憤怒地驅開這個想法。但他越想忽略，這念頭就越是深植在他的腦海裡，宛如除了又生的有害野草。

如果不是大停電，他會打電話到一個只有他知道的語音信箱，留下訊息。這一次，他只能另做打算。他脫下主教裝束，換上他放在衣櫥深處的唯一一套平民服裝。每當他不想走在羅馬街上被人認出時，就會換上這身衣物。接著，他套上一件大夾克、戴上一頂棒球帽，前往蒙蒂區的某個地點。他在那裡待了很久，等到既累又不耐煩後，他決定給屋主留下明確的邀請，然後回家。

他留下一個黑曜石十字架。

回到家後，他讓所有僕傭離開，獨自留下。他知道這個措施不夠完善。他在冒險，但是別無選擇。

這時候，他聽到背後有聲音。有扇門被推開，腳步聲出現。

馬庫斯看到側門沒關，於是走僕人用的樓梯來到頂樓公寓。通常大家可以直接搭電梯，但想當然耳，今天電梯派不上用場。但就算有電力也不適合搭電梯。馬庫斯知道來到這個地方是個冒險的舉動。紅衣主教和他見面一向非常謹慎，會事先選好隱密荒僻的地點。他的身分和任務是秘密，兩人間不能有任何關聯。如果艾里阿加特地到他的閣樓房間去找他，還召喚他過來公寓，事情一定非同小可。

艾里阿加轉過身。馬庫斯一動也不動，站在公寓最陰暗的角落。他腳邊的一小灘雨水在白色的卡拉拉大理石地板上逐漸蔓延開來。他的臉上仍有稍早那場遭遇留下的痕跡。他沒告訴艾里阿加，時候還沒到。但是他知道紅衣主教有所懷疑，或者應該說艾里阿加自問，在這種狀況下，自己是否還能信任馬庫斯。

「今晚有人過世。」來自菲律賓的紅衣主教說：「死的不是尋常人，是個有權有勢、一般人以為永生不朽的人，而且死法很蠢。」

馬庫斯注意到紅衣主教一向譏諷和不屑的語氣中隱藏著某種情緒。是恐懼嗎？

「你認識葛達主教嗎？」

主教的臉孔立刻浮現在他的腦海。沒有人不認識阿圖拉．葛達：他曾經是一個重要宗教團體中最有魅力的領袖，經常舉辦靈修聚會。會眾全部聚在一起祈禱。葛達是這群人的希望所在，是窮苦人家和社會邊緣人眼中的俠士，他有種天賦，光是一句話、一個手勢就能牽動群眾的情緒。

梵蒂岡花了很長一段時間才認可他的功績。他在上級眼中是個不好處理的人物，經常跳脫框架，遠遠偏離大家熟悉的政治邏輯。一直到年事已高時，他才獲得青睞，進入羅馬教廷。或許這是因為到了那個年紀，他不可能擔任教宗。話雖如此，教宗仍然十分尊重他，時常讓他陪在身邊，甚至還在宗座宮裡，離自己起居處不遠的地方為他保留了一間住居。他的地位不只是顧問；他開口時，大家聽到的是教宗的聲音。權貴分子擠破頭，為的只是他的接見。

但葛達寧可受到市井小民的歡迎。他受到眾人愛戴，儘管權勢過人，他仍然過著樸實的生活。為此——以及其他諸多原因——葛達主教和巴蒂斯塔．艾里阿加兩個人天差地別。兩人不和是眾所皆知的事。然而艾里阿加並沒有因為對手過世而沾沾自喜，相反地，葛達過世的時間和方式都是問題。

「葛達留下了成就，」艾里阿加說：「有些人會認為他有資格受封聖人。如果他死後得到這項殊榮，也不會有人驚訝。」這位紅衣主教說得真誠。「但是，經過今夜……」

艾里阿加走向貴重的十三世紀拿波里書桌——教宗庇護九世在這張書桌上寫下了他的宗座憲令。馬庫斯在桌面上看到幾張即可拍相片。在屍體發現後，艾里阿加向教廷警方要來這些照片。他匆匆收拾這些照片，突兀地遞給他的訪客，像是想和這些影像間拉開距離。

馬庫斯接下來，審視照片。

「我不得不找人詢問這是什麼東西，否則我還真的不懂。」艾里阿加說：「大家稱這東西為『愉悅項圈』。顯然是抒解自發性慾的捆綁方式。滿有趣的玩具，你說是吧？」

照片上是個赤裸著身子蜷縮在地上的老人。頭戴式虛擬實境眼鏡遮住他大半張臉。眼鏡上有一條短短的傳輸線連接到繫在死者脖子上的皮革項圈。

「好像有些人可以透過勒頸窒息達到高潮。」

馬庫斯回想起那天早上自己在圖里亞諾的窒息經驗。

「虛擬實境眼鏡上顯示的色情照片刺激性慾。接收器偵測到變化，會逐步收緊項圈，據說，提高緩慢窒息帶來的快感會因此提高。」

馬庫斯聽到紅衣主教這番話感到非常驚訝，後者似乎對這種特殊的癖好一點也不覺得意外，解釋起來態度自然。

「沒人會懷疑老傢伙有這種習慣，自己關在家裡看淫穢照片，靠這東西手淫。」

「有誰能證明他看的是色情照片？」馬庫斯不願意接受。

「你說得對。」艾里阿加也承認。

確實沒有人能夠證實，因為屍體是在大停電剛開始後發現的。

「但是說到底，那有什麼差別？葛達本來可以死得像個殉教者，結果卻死得像隻狗。」

他用陰沉、指控的語氣說出最後一句話。

這個語氣，和他在靈魂法庭上對罪人的控訴相同。光憑語氣的轉變，他就可以左右最後的判定。

馬庫斯沒有發表意見也沒有提問。這個故事本身已經夠荒謬了。

艾里阿加走向大壁爐，一隻手搭在上面。火光在他的臉上描繪出陰影。

「葛達好幾年沒出門了。他有懼曠症。現在，全世界都會想知道他死亡的真相。」

「事情為什麼會落到我們頭上？為什麼找我？」馬庫斯問道。

換成其他人要求解釋，巴蒂斯塔．艾里阿加會不耐煩地置之不理。他的命令不容質疑，執行就對了。但馬庫斯不是尋常助手。他是個危險的神父，接受的是追獵邪惡的訓練。他本該和一般神父一樣主持祭典，結果卻分配到最艱苦的任務：去瞭解、對照人類的真實天性。

隨著時間的移轉，他調查過程留下的些許陰霾緊緊吸附在他身上。從他的凝視和不斷環視周遭的深陷雙眼，艾里阿加感覺得到。聖赦神父團的最後一名成員馬庫斯的目標是建立良善。通常，他都能成功達到目標。但是他對正義的飢渴，很可能埋藏著他對復仇的急切之心。艾里阿加不願意體驗自己的恐懼，儘管如此，他還是說：「阿圖拉．葛達的死可能玷污他的成就。而為此付出代價的會是窮人，這不公平。」

他希望這個解釋能平息馬庫斯的好奇。他不能告訴馬庫斯這當中還有其他原因，不能說出他心底在這晚萌生了黑暗的直覺。艾里阿加的目光迷失在壁爐的火光裡，再次告訴自己：利奧十世的預言。所有的人都是罪人；每件罪行也都是秘密。讓某些錯誤和我們一起死去是正確的做法。但死亡通常是那麼的不潔，以讓我們蒙羞為樂。以無可挽回地玷污我們的一生為樂。

馬庫斯知道艾里阿加的說詞同樣針對他個人而來：身為神父，枕頭下卻藏著女人的照片。

「您要我做什麼？」他問道。

艾里阿加直視著他。

「清理善後。」

5

電腦發出微弱的嗡嗡聲響，讓人想到一群蜜蜂。

幽暗的光線下，好幾支電話在響。可調式LED燈照明著一張張辦公桌，就像是光線形成的小綠洲。冷氣系統吹出隱約的阿摩尼亞氣味，角落裡，飲水器裡的水保持著恆溫——永遠不會太冰。

維塔利覺得列出這些細微的感覺能讓他安心。他想，大家對細節都不夠關心，除非這些細節從大局中消失，留給我們欠缺和無常的感覺。然而，在這確切的一刻，外頭的人失去了指標。一切都帶著末世感。

明天，當羅馬從這次惡夢般的經驗甦醒後，會發生什麼事？沒有人說得準。維塔利覺得這相當有趣。

危機處理小組的應變中心位在距離內政部幾步之遙的地下碉堡，就在市中心。幾台強力發電機確保了這個地方獨立作業的能力。為了向法國作家西默農筆下的馬戈探長致敬，大家給了這地方一個代號「蟻丘」。

維塔利認為這個代號很恰當。此刻，應變中心大約有八十名工作人員。大家雖然來來去去，但絲毫不顯得混亂。一切井然有序。沒有人大聲說話，每個人似乎都知道自己該做什麼。

維塔利穿著淺灰色西裝，搭配平底軟鞋和天藍色襯衫，他抬起手摸藍色領帶的結，確定位置沒有偏移。接著，他喝了一小口冷水，仔細看著面前的螢幕牆。

百來個螢幕輪流顯示這座城市裡三千多個攝影機錄下的影像。

為了記錄或防範犯罪，一群手拿檔案、戴著耳機的人員記錄下他們認為可疑的人或事。這個工作非常瑣碎，需要極大的耐心，但有鑑於這時的狀況，一切不可或缺。到目前為止，只有幾個零星小案子需要巡邏員警出面處理。一家超市臨關門前有顧客搶著採購食物；幾個毒蟲沒能抗拒誘惑，大白天就搶劫了藥妝店。

到了天黑，真正的人群才會來到街上。

維塔利清楚得很，儘管有關單位信誓旦旦地向民眾保證，但這個晚上會是一團亂。在絕對不可能被看見的情況下，蓄勢待發的豺狼虎豹看準少了監視系統的商店和辦公室。同樣的道理，小偷扒手也可以安心地竊取他人財物。再加上整個羅馬瀰漫著一股算總帳的氛圍：街頭幫派準備互鬥，犯罪組織準備藉機重新協商彼此的聯盟關係，順便重整從屬地位。從凌晨開始，維塔利便發現許多在黑暗掩護下威脅到羅馬的徵兆。

此外，警方還得防範預期之外的犯罪。混亂狀態會導致人們瘋狂。無庸置疑，大眾會想讓長年累月堆積出來的怨恨和怒火一爆而出。比方相處不來的鄰居，比方想擺脫妻子的丈夫或想殺害丈夫的妻子，或是打算到老闆家好好「拜訪」一下的員工。

把床單掛在窗口的措施是個大笑話。沒有人可以確保安全。城裡所有瘋子都整裝待發準備報復，或單純只為了釋放壓抑多年的本能。

沒人願意承認，但要有效監視像羅馬這樣的大城市，是一件不可能的任務。雖然有國內其他地區的增援，但警方的巡邏人數遠不及心懷惡意的人。更何況，要對付組織犯案、暴亂或暴力犯罪，警方稱不上全都裝備齊全。警方的狀況真的沒好到哪裡去。才接到通知，警方就得在幾小時內祭出整套保全計畫。大部分員警保護的對象不是民眾，而是各部會長官、政府建築或大使館，因為這些都是恐怖分子在最後一刻的可能攻擊目標。政治人物和政府高官帶著家人，已經由特遣部隊護送下，趁夜瞞著民眾秘密撤離，反之，尋常百姓卻不能離開。

維塔利心想，官方沒告訴民眾的是：事實上，他們的遭遇會比官方說法更糟糕、更慘烈。有些市民甚至可能見不到隔天的太陽。

儘管部長早就為這種緊急狀況擬定了詳細的計畫，但是其中牽涉的科技設備從來沒有經過實際測試。系統有缺陷不說，異常氣候狀況加上大停電更是大大凸顯了系統上的問題。舉個例子來說，幾個月前，政府花了幾千萬當地稅金安裝了監視錄影網絡，但現在沒有人能估算出電池的續航力。這是老調重彈了，問題絕不會單獨出現。

因此，此時此刻的維塔利很高興。

應變中心的井然有序讓他滿意。勤奮工作以完成任務的螞蟻讓他滿意。他外套下的配槍讓他滿意，因為身為執法人員，他有權使用槍枝來讓人按規定行事。他杯子裡的水也讓他滿意，大家通常會忽略水代表著純潔和潔淨。而他非常重視這兩個價值。

維塔利和許多同事一樣都在「連續值勤」中，這是被徵調的好聽說法。反正，他也沒別的事可做。他才剛開始一段關係，他當然不介意和新歡以及幾公克古柯鹼留在家中享受。但那個怯懦的女人得和孩子與丈夫待在一起。末日——如果末日真的來臨——帶來的負面意義是他必須獨自面對。

因此，犯罪統計中心的維塔利警探非常有空。

他職務變動的速度快得驚人，平均每六個月就換一個單位。他待過禮賓部門，管理過警方停車場和內部雜誌。曾經有段期間——天哪！——他被派到學校向學生宣導毒品濫用帶來的傷害。這些一般正常員警能閃就閃的工作通常保留給麻煩分子，讓違反紀律的員警或值勤時不夠冷靜的員警——例如掏槍要年輕現行犯面對牆壁——付出代價。也就是說，上級當他能力不足，或覺得他成不了大事。到目前為止，他的偽裝很成功。

維塔利警探真正的工作不該有人知道。

一小隊人馬走進蟻丘：刑事警司克里斯匹、警察總部阿爾伯堤處長，以及大老闆迪吉奧吉局長本尊。維塔利對上後者的目光，迪吉奧吉會意地對他做個手勢。在跟上隊伍之前，他吞下杯子裡最後一口水，把紙杯丟進專門用來扔紙杯的垃圾桶裡，免得——至少在蟻丘裡——造成混亂。這時，他看見跟在長官後面的女人。

維塔利雖然從來沒和她見過面，但他立刻認出她是誰。

珊卓拉・維加跟在其他人後面。一方面是因為尊敬走在前方的長官，另一方面則是因為她正自問來蟻丘做什麼。凌晨時分，一組巡邏員警來到她位在特拉斯特維雷的公寓，兩名年輕同事說明他們是來接她的。

當時珊卓拉才剛吃完早餐，換好制服，準備去上班。對她而言，眼前這一幕宛如直接從她極力想忘卻的過去跳出來。在警方鑑識攝影部門服務多年以後，她成功轉調到護照組。這個選擇非常堅定。她沒辦法繼續過從前的生活：第一個抵達犯罪現場，拿著相機仔細檢查現場、跡象、證據，以及失去生命的屍體。時間一久，這個工作讓人筋疲力盡。

在羅馬殺人魔的案子過後，她決定不要繼續承受了。

護照組是個極佳的庇護處。有人出發——生意人、度蜜月的年輕夫婦和度假的人。有人抵達——在義大利住了幾年的外國人終於為自己和他們的孩子取得國籍。她看著這些無邪的人生來來去去。這些人沒有能力傷害她，不像那些殘缺屍體的照片。他們帶著證件照來找她，照片上，他們依法露出嚴肅的神情。但在官方手續完成後，她會看到他們帶著笑容離開，心裡想著等著他們的未來。說來蠢，但珊卓拉知道：死者沒有未來。這平凡無奇的觀察，是她每天起床的動力。

這個早晨也一樣。由於大停電，她放下日常工作，和許多同組工作的同事一樣，接到分派，去支援巡邏警力。但珊卓拉沒想到會有人護送她去工作。當他們提起蟻丘時，她早該懷疑的。她到應變中心做什麼？她原來就預感到事態可能嚴重，當克里斯匹警司接待她時，這個預感成了確信。

她的前任上司顯然很焦慮。

「老闆要見妳。」

現在，珊卓拉順從地跟在這小隊人馬後面，穿過應變中心，走進辦公室。

警察局長迪吉奧吉在門口停下腳步，等所有人走進辦公室後才關上門。

「很好，」他說：「看來我們可以開始了。」

除了那個看似花花公子的男人——他穿著平底軟鞋、神經質地調整領結位置，珊卓拉認識辦公室裡的每個人。

辦公室裡的擺設很簡單，大家都坐在鋼製椅子上。迪吉奧吉走到小辦公桌的後面坐下。這裡頭的牆壁上光禿禿的，桌上只有兩具配備著複雜鍵盤的電話。局長把前臂放在桌面上又厭惡地抬起手，吹掉佈滿桌面的灰塵。

「我被迫離開我的辦公室來蟻丘工作，但顯然他們忘了打掃。」

珊卓拉找了牆邊最遠的一張椅子坐下，再次自問為什麼要參加這場主管級會議。在場最讓她心煩的是那個鷹鉤鼻花花公子。他蹺腳坐著，鬍子刮得乾乾淨淨，淺灰色的西裝整燙完美，金色領帶夾和左手中指上戴的碩大紅寶石一樣亮眼。這傢伙究竟是何方神聖？

「部長要我代他向各位問好。」警察局長以這句話開場，大家紛紛道謝，彷彿部長真的在場。部長人在托斯卡納的自家別墅，會在那裡監督事件的發展。

珊卓拉注意到大家太習慣於順從長官，忘了自己的反應有多荒謬。

「我不久前才親自向部長報告，」接著發言的是阿爾伯提處長。「情勢大致在我們的掌控之下。我們的人手受過訓練，不但能控制恐慌狀況，還能有效遏止想藉大停電犯罪的零星企圖。」

「很好。」局長熱切地說：「到目前為止，我們的表現傑出。要繼續保持。」

看看這兩個蠢材，維塔利心想。外頭就要全面失控了，他們還在這裡彼此慶賀。他看向那名女警，從她的表情看來，她心裡也同樣厭惡。維塔利本來要求另一位女警參加會議，讓珊卓拉不覺得自己是少數，但局長沒有回應。

克里斯匹警司朝珊卓拉俯過身去。

「妳好嗎？」他低聲問她。

珊卓拉這位長官支持她放下一切，一直很親切，她很感激他。

「好些了。」她向他保證。

簡單一句「她很好」不過是客套話，克里斯匹是不會滿意的。不如告訴他部分事實，讓他知道她雖然尚未完全恢復，但在努力當中。

維塔利沒漏掉這兩句簡短的交談。他私下打聽過珊卓拉．維加。她從前擔任鑑識攝影人員時的風評很好，但她年紀輕輕就遭遇了兩次生離死別的打擊，也許永遠不可能恢復。前年，她的記者丈夫離奇死亡，珊卓拉搬到羅馬來調查那起事件。事後她選擇留在羅馬，在另一個男人陪伴下嘗試重新開始另一段生命。但她運氣實在欠佳：她的伴侶遭人謀殺。她因此歷經了漫長的心理分析和心理治療過程。

「大家已經知道我為什麼請你們過來。」局長結束了開場白。

「但是我們應該再為維加警官解釋一下。」維塔利說。

「您應該還不認識維塔利警探，他是犯罪統計中心的組長。」

「我連這個單位都沒聽說過，長官。」珊卓拉承認。

說得沒錯，維塔利露出微笑。這個單位在一小時前，也就是他擔任組長時才成立的。

「維塔利警探的組員負責預防犯罪。」

「您應該來參加我們的說明會，維加警官。」維塔利警探說：「您會覺得獲益匪淺。」

維塔利很享受這種局長不得不為他偽裝身分作假證的時刻。

「警探，請您為維加警官簡報狀況好嗎？」

維塔利站起來，朝珊卓拉走過去，站在她面前。

「昨天晚上，大約十點半左右，一名計程車司機在工作結束後洗他的車。事後，他告訴我們他做了什麼事，因為『沒有人知道乘客在後座做什麼事，我看不到』。」

他露出微笑，但笑容很快就變成鬼臉。珊卓拉不知道這傢伙究竟是打哪裡冒出來的，但目前她滿意地聽他解釋。

「好，」維塔利接著說：「昨天晚上，他發現有支手機卡在後座，以為是哪個乘客遺失的。於是他開機搜尋最近的通話，想查出失主身分。」

維塔利把手插進西裝口袋，掏出一支諾基亞舊手機，和所有智慧型手機相比，這個型號十分老舊。這支手機裝在透明的證物袋裡。他把東西放在局長桌上，做個手勢要珊卓拉把椅子拉近，方便觀察。

「手機沒插SIM卡，電話簿是空的，沒有撥號資料也沒有已接來電。」

「所以呢？」珊卓拉不耐煩地問道。

維塔利慢條斯理地回答：

「這是諾基亞第一款配備相機的手機。事實上，打開相簿後，司機看到一段影片……慘無人道，前所未見。」

在他說出最後幾個字之前的停頓讓珊卓拉陷入焦慮的情緒中。她努力不表現出心情的變化。她想要展示堅強的一面，因為她厭惡讓別人知道她這陣子變得多麼脆弱。

「您要我做什麼？」她咬著嘴唇，用堅定的語氣問話。

克里斯匹警司走過來，一手搭在她的肩膀。

「迪吉奧吉局長早上問我誰是我們團隊裡最傑出的鑑識攝影人員時，我立刻想到妳。」

其實不完全如此，維塔利告訴自己。但如果這可以讓他們達成目的，他不介意老警司稍微吹捧她。

他就是要珊卓拉．維加。

「我已經不是團隊的成員了。」她不滿地說，像是要提醒大家她生活中的那個章節已經結束。克里斯匹應該比任何人都清楚。「有人死了，對吧？」她補上這句話，看了桌上的手機一眼，彷彿那靜置不動的黑色塑膠製品有可能攻擊她。「各位也是因為這樣才來到這裡。否則為什麼連刑事組……」

克里斯匹默認了這件事。

「您在警方鑑識攝影部門工作了很多年。」維塔利說：「您用單眼相機在犯罪現場追蹤細節。比起其他人，您更能解讀、詮釋惡魔犯下的作品：以錄影記錄下自己永恆手法及受害人所受到的折磨，然後樂在其中的人。」

他真的說了「作品」兩個字嗎？珊卓拉打起冷顫。不，她一點也不想和這件事扯上任何關係。

「聽我說，維加警官。」阿爾伯堤處長在這時候加入談話。「我們知道揭開老傷口對您來說有多痛苦。不過，我們想請您為了群體利益努力看看。我們眼前有個重大危機，不能輕忽。」

他們不能命令她，只好試圖喚起她的責任感。但這對珊卓拉來說一點也不重要。他們可能認為她躲在護照組是為了貪圖穩定的薪水和退休俸。在她看來，這些可不是特權。有些同事毫髮無傷地退休。而她呢，為了這身制服，她早已付出昂貴的代價。

「很抱歉。」她邊說邊站起身。「你們不能這樣要求我。我辦不到。」

她走向門口，準備把這件事拋在身後。

維塔利喊住她。

「維加警官，我尊重您的決定，但請容我告訴您最後一件事。這支手機並不是被『忘在』那輛計程車裡，而是有人刻意留下的。對方知道司機會發現手機，而手機最後會進到這個辦公室。因為不管我們喜不喜歡，裡頭留的是一個訊息。這個訊息很簡單……外頭有個人有能力對他的同類做出令人不忍卒睹的惡行。他要我們知道他不但強勢而且還有能力，沒有任何事能阻止他……不要誤以為這只是個警告或威脅。對方在宣示他的意圖。他想告訴我們：這只不過是開端。」

珊卓拉轉過身。

「什麼事的開端？」

她心裡充滿恐懼。

「不知道，但老實說，在接下來的幾小時，我不期待會有好事發生。」

「你們有所有用來逮捕他的科技、奧援和能力。」

「妳說得沒錯，但我們欠缺一個要件：時間。」

維塔利想到氣象預報、大停電，和城裡所有等待著天黑、準備蜂擁而出的妖魔鬼怪。他必須不計一切地說服她。

「現在的這些外在因素讓我們沒足夠的時間追蹤他。而且他知道。」

珊卓拉猶豫了。

維塔利知道自己稍微打動了她的責任心。

「請您看那段影片一眼就好。接著，如果您覺得沒辦法提供我們任何分析，我們能夠瞭解，您可以忘了這件事。」

忘記？難道這個混蛋不知道這些影像最後都會出現在她的惡夢中？他當然知道，只是不在乎。這麼說吧，在場的其他人也一樣。他們想利用她。珊卓拉看了看他們沉默的眼神，明白自己是對的。她鄙視這些人。這讓她多一個在一切太遲之前離開這個辦公室的理由。

「可惜的是，這支手機不足以讓我們找到那個男人。」珊卓拉正準備再次走向門口時，維塔利接著說：「手機上除了計程車司機的指紋之外，只有一小滴血跡。我們在DNA資料庫裡沒有比對到資料。也就是說，這個人沒有犯罪檔案。我們面對的是首次犯罪的罪犯，和我們以往認識的完全不同。他更變態、更危險。我們唯一知道的，是他有個和其他數以千計的人一樣的毛病，根據警方鑑識組的判定，電話上的血跡是鼻血。他會流鼻血。」

珊卓拉瞬間停下腳步。她的雙腿打顫，她只希望辦公室裡的人沒看出來。這個想法太不理智了。維塔利說的是同一個人的機率有多高？然而，某種無法名之的原因讓她知道自己不再能撒手不管。

馬庫斯——她的馬庫斯。

維塔利在珊卓拉的表情上看出細微的變化，在她開口之前，他就明白她改變了決定。

「好吧。」珊卓拉努力維持冷靜，說：「我會負責，但只有這一件。」

每個人看來都很滿意。他們不可能想到，她之所以答應，是出自於突然出現的個人原因。

「我必須透過合適的介面來看這段影片。」

「我們會提供您應有的設備。」局長向她保證。

上司說話時，珊卓拉研究起桌上的手機。這時候，原來讓她想逃避的手機已經不再讓她害怕了。她必須知道。

維塔利很滿意：他達成了目的。我不是我假扮的人，他心想。但妳也一樣，維加警官，妳想隱藏秘密。而我會挖掘出那個秘密。

6

在梵蒂岡，宗座宮已經淨空。紅衣主教艾里阿加給了明確的指示。直到下一道命令發出之前，沒有人可以憑任何理由踏入宗座宮。由於惡劣天候以及大停電的影響，教宗早已在前一天晚上離開羅馬，目前人在岡道爾夫堡的官邸，因此紅衣主教的命令得以輕鬆執行。

馬庫斯有一個小時來完成任務。這次，他的任務不是調查，艾里阿加說得很明白。

「您要我做什麼？」

「清理善後。」

在聖赦神父無聲無息地來過之後，軍警會接管宗座宮，阿圖拉．葛達主教過世的官方調查才會正式開始，並且以自然死亡結案。對艾里阿加來說，幸好葛達主教的悲劇結束在梵蒂岡的高牆內。如果事件發生在義大利領土，艾里阿加不可能掩蓋這件醜聞。

大停電結束後，梵蒂岡會發出官方新聞稿，將主教逝世的消息昭告世人，並提供經過變造的事實，會以常見的「心臟疾病」帶過。

這謊言不錯，馬庫斯心想。他在滂沱大雨下穿過聖達瑪索庭院，沿著大理石樓梯爬到三樓。他孤單的腳步聲在拉斐爾客房❶裡敲出回音，這裡的建築型態輕盈，色彩繽紛的壁畫和帶飾和諧地分布在以廊柱架構起大大的窗戶。他利用這個機會，抬頭欣賞畫著濕壁畫的十三個拱頂。他認出以光線區分開大地與水的〈創世紀〉、〈上帝創造夏娃〉，以及〈逐出伊甸園〉。另外還有以掃和雅各、摩西、所羅門王，以及最後，基督的故事。他想到幾世紀以來，特權人士走過相同的路，欣賞過這幾處絕美的廳堂。他心想，但為數不多，只有那些在歷史上留下過不可抹滅印記的權貴。其中有些人卑鄙無恥，有的則是千真萬確的聖人。

而現在輪到他：負責「清理善後」的男人。

他走到葛達主教的套房門口。這扇門在發現屍體後就關了起來。艾里阿加把唯一能開鎖的鑰匙交給馬庫斯。他用鑰匙開門進去後，反手關上門。

走進套房看到的第一個空間是走廊。馬庫斯拿出乳膠手套戴上，免得留下指紋。同樣道理，他也脫下沾滿泥水的白色帆布鞋，隨後才開始檢視整個空間。

葛達主教生活儉樸，室內只有必要的樸素家具，沒有任何奢華品，沒有為社交生活妥協。唯一的例外是藏書。除了擺滿書的層層書架外，角落也堆了書。葛達因為罹患懼曠症，好幾年沒出門，這些書應該是他主要的消遣。

書堆之間形成了一條必經通道。馬庫斯順著通道來到房間，房裡擺了一張床，床後的牆壁上掛著一個木頭十字架。房裡有扇小暗門通向一間沒有窗戶的浴室，牆邊就是主教的書桌。

他跨過門檻，來到毫無生氣的屍體前面，這場悲劇中的屍體彷彿跌倒似地蜷縮在地上。

❶ 梵蒂岡宮裡的公共區域。

艾里阿加給他看的立可拍照片上看不到的，是屍體面對著小壁壇，葛達就像每一位好神父一樣，對著壁壇每日祈禱。

他的姿勢和赤裸顯露著某種褻瀆的意味。然而，這次，對上帝的不敬讓他付出了昂貴的代價。頭戴式虛擬實境眼鏡大得像頂頭盔，不但蓋住他的眼睛，還從腦袋一路蓋到後頸。和周遭的一切相比，這個科技產品顯得十分不協調。葛達主教住的套房裡沒有電視也沒有電腦，他為自己扭曲的秘密做了唯一的讓步。

色情照片，馬庫斯回想。

頭盔般的銀色頭戴裝置黏著幾絲白髮。這個裝置以短短的傳輸線和皮革項圈連接。馬庫斯靠上前去觀察死者的喉嚨，發現老人薄薄的皮膚和項圈接觸的部位有抓痕。他用雙手去抓，想擺脫束縛。主教指甲下的血跡證實了馬庫斯的推斷。

被項圈勒斃，他下了結論。

有那麼一會兒，馬庫斯覺得自己也窒息了——這是在圖里亞諾監獄裡留下的後遺症。葛達有相同的經歷，只不過，那是出自他自己的選擇。

「抒解自發性慾的捆綁方式，」艾里阿加說過：「好像有些人可以透過勒頸窒息達到高潮。」馬庫斯自問，對阿圖拉·葛達而言，愉悅是什麼時候轉變成痛苦，他又在什麼時候意識到死亡將近。這位主教至少有時間祈禱吧？又或者就如艾里阿加講的，葛達真的死得像隻困在自己陷阱裡的「狗」？

愉悅項圈。

發現葛達屍體的人，是奉派在八點左右為他端來菊苣咖啡的修女。她嚇得跑去報警。由於親眼目睹，那可憐的修女被轉調至非洲的偏遠修院，將在那裡度過餘生。至於軍警呢，他們的緘默會換得豐厚的回報——以及威脅。至於如何防堵嗜血的媒體，艾里阿加自有他的一套做法。

屍體周遭沒有任何第三者涉入的痕跡，這符合意外死亡的推論。離屍體不遠處有個主教用來裝害死他設備的盒子，黑色盒子襯著絲絨內裡。

虛擬實境眼鏡昂貴又優雅，馬庫斯想，這位窮人的俠客真懂得寵溺自己。

但他來這裡，不是為了評斷是非。他的工作是讓所有足以給梵蒂岡造成問題的墮落跡證消失。教會是強有力的後盾，但服事者可能是脆弱的。他自己也不例外。

他推開這些想法。該開始工作了。工作越早結束，他就能越早回去調查糾纏著自己的謎團，去弄清楚前一天晚上發生的事，為什麼他會被銬上手銬，赤裸地丟在圖里亞諾監獄。而且，特別是有誰憎恨他到這種程度，決定用這麼殘忍的方式讓他餓死。

找出托比亞・佛瑞

他動手解開項圈。皮革項圈的內層襯著一層細緻的人造麂皮，以免使用時留下瘀青或痕跡。項圈設計很簡單，但葛達沒能成功掙脫。又或者是因為他來不及。說不定窒息引發心肌梗塞，幾秒鐘就足以致命。馬庫斯知道，死亡絕不會是單一因素造成，通常有一連串的原因。他唯一能確定的是，一定有哪個環節出了錯。他排除設備故障的可能——這類器材一向有安全機制。如果沒有什麼特殊理由，應該說，這對主教的年紀來說太冒險。

馬庫斯把遺體翻成仰躺的姿勢。觀察之後，他發現主教的右大腿內側有一處刺青。

一個藍色的圈環。

圈環褪色暈了開來，可見這是多年前的刺青。馬庫斯心想，這可能是主教年輕時期的小小叛逆。有關這個讓主教可能會感覺羞恥的細節，他可能是唯一知情的外人。死亡對人類的體面與否少有尊重。對葛達主教而言，死亡根本是在嘲笑他。

馬庫斯還必須幫他拿下頭戴式眼鏡。他刻意把這個工作留到最後，因為他心懷不理性的恐懼，怕看到眼鏡下主教驚恐的目光。他先一個一個打開自動開關，接著摘下整頂頭盔。一如經常在勒斃者臉上看到的，主教的眼球幾乎擠到眼眶外。馬庫斯鼓起勇氣，雙手各伸出兩隻指頭把眼球壓回原來的位置，然後為主教闔上眼皮。正要唸誦禱詞時，放在地上的頭戴式眼鏡突然吸引了他的注意力。

他發現螢幕仍然亮著。

於是他把裝備貼向自己的臉孔。螢幕上沒有播放任何色情照片，他只看到一行簡單的字。

無訊號。

頭戴式眼鏡連接著網路。大停電開始時，主教正在使用，因此現在無法連線也是正常。其實，也許這樣最好。反正他也不想知道葛達人生中的曖昧細節。這些細節隨著主教逝去也好，馬庫斯心想。

他專心做接下來的工作，把機器放進襯著絲絨內裡的黑盒子裡。他會把盒子帶走，然後這東西會永遠消失。

接著，他搜索套房，尋找一些可能暴露破綻的事物。他檢查抽屜，清空浴室裡的櫃子，甚至翻閱了好幾本書。他沒有足夠的時間詳細搜查，艾里阿加應該為此感到高興。

最後，在完成現場布置前，只剩下一件事：為遺體穿上衣服。

馬庫斯走向主教的衣櫥，想找出適合的服裝。他打開衣櫥尋找，發現一份發黃的舊報紙。

那是一份九年前五月二十三日的羅馬《訊使報》。

這東西或許該一併消失。為確定這件事，他快速瀏覽報紙內容，但沒看到任何特別引人注意之處。沒有任何可疑或可能洩漏秘密的資訊。最後，當他讀到當地消息版面時，立刻看到一則新聞標題：「小托比亞．佛瑞在羅馬失蹤」。

這彷彿一道閃電，直劈他的腦門。他又看到在圖里亞諾監獄時從口袋裡拿出的紙條：找出托比亞．佛瑞。

這不可能是巧合。

報紙的黑白照片上是個三歲大的男童。孩子有清澈的雙眼，帶笑的臉龐上散布著雀斑。他身穿一件淺色T恤，頭戴繡著羅馬足球俱樂部的棒球帽。

馬庫斯讀著這篇報導。

托比亞．佛瑞於昨天傍晚約六點左右在市中心失蹤，離羅馬競技場只有幾步之遙。男孩當時與母親在一起，後者聲稱視線只離開兒子短短幾秒鐘。這名母親立即向一名路過的巡邏員警求助。警方原本推斷男孩只是走遠或迷路，但如今不再排除其他可能，並且將會過濾競技場一帶的監視錄影帶。與此同時，為釐清小托比亞的下落，有關單位懇請失蹤案發生時路過該處的觀光客及市民協助，如果有競技場的照片或影片，請將資料發送到羅馬警察局的電子郵政信箱。

馬庫斯不可置信地看著面前的報紙。當他低下頭時，他看到衣櫥最下方有另一樣東西。他腦海中立刻響起警報。違常之處，他告訴自己。

那是一雙白色的帆布鞋。和他的一樣。

7

日落前五小時又三十八分鐘

遺落在計程車後座那支手機裡的影片，長度是兩百零六秒。

「但是對主角來說，時間可能沒有終止的時候。」維塔利說，一邊調暗蟻丘技術室的光線。

克里斯匹坐在稍遠處，這位警司顯然打算把事情交給他同事說明。珊卓拉沒有忽略這個奇怪的細節。基本上，維塔利警探不過是個內勤警探，一個文書人員。犯罪統計中心？她依然不解。刑事組為什麼會保留這麼大的空間給他？無論如何，她現在不能退縮。她面前是一個巨大的電漿顯示器。螢幕是暗的，但黑色的表面有一層奇特的光暈，有點像石板岩。

「這是最新一代的Pro Tools系統。」維塔利解釋道：「鑑識攝影人員才剛始用幾個月而已。系統在使用上很簡單：要讓影片停止、前進或後退，或是要放大或縮小影像，只需要觸控螢幕就好。」

就像親臨現場，珊卓拉心想。通常她都是在事後，在罪行已經發生過後才會到場。她可以躲在相機後面，讓機器去做骯髒的工作。然而，這一次，雖然是間接，但是她會參與事情的經過。

「您準備好了嗎？」警探問道，擔心她改變心意。

珊卓拉又花了幾秒鐘，才轉頭看向一動也不動的克里斯匹。

「好了。」

維塔利拿著遙控器，開始播放影片。

一開始，影像不穩而且模糊。手機鏡頭對著骯髒的地面搖晃了幾秒鐘以後，往上對準了一張看似舊病床的物體。病床四周的磁磚破碎又潮濕。

有個男人躺在髒床墊上。

珊卓拉看到那男人不是馬庫斯，鬆了一口氣。但她沒有放心太久：那個陌生男人邊哭邊掙扎，姿勢非常不自然。有人用一條繩子將他從足踝一圈圈往上纏到臀部，而他的雙臂大張，手腕被捆在床頭板兩側。他下半身穿著褲子，但上半身赤裸。

他看起來宛如犧牲的祭品。

「我求求你……不要……」他懇求。

男人鴉黑色的頭髮剪得很短，整個人瘦到細薄皮膚下的肋骨起伏明顯可見。他拚命扭動脆弱的脖子和肩膀試圖擺脫束縛，凹陷臉龐上的表情扭曲。完全沒有希望，珊卓拉心想。他不可能掙脫的。而他自己也知道，然而，基本的求生本能促使他繼續嘗試，用盡全身力量來反抗。

「求求你讓我走……」

他太陽穴邊的血管劇烈跳動，彷彿隨時可能爆裂，讓他滿臉血水。一道黃色的鼻涕流到他的嘴唇，和眼淚、唾液混在一起。

「您看到了什麼，維加警官？」

「他的膚色泛黃，皮膚乾裂，此外，還看得到血管壞死留下的瘀青。他少了幾顆牙，其他的牙齒發黑，所以看起來大約五十歲，但其實他年紀沒那麼大。」

因藥物濫用而衰老。艱困的生活永遠會留下明顯的痕跡。

「有吸毒經歷，一連串前科，經常進出監獄。」

很多人會當他是「社會人渣」。她還在鑑識部門工作時，拍攝過多少這種人的照片？通常，他們的屍體不是在溝渠裡，就是在路邊或垃圾堆裡，身上沒有錢也沒有足以辨認身分的文件。停屍間裡很多這種無名屍。

「有時在他們糾纏得太過分時，藥頭會出面處理。但更常見的情況，是和他們一樣情急的人為了一點毒品或零錢而動手殺人。」

維塔利沒有證實也沒有否認。他什麼也沒說。因為，接下來螢幕裡會有變化。

到剛才為止一直沒有移動的攝影者這時伸出了一隻手。男人戴著乳膠手套的手出現在影像中，指間夾著某個東西。

一塊黑色聖餅。

他走向他的囚犯，把聖餅丟入後者的雙唇間，用手掌闔上囚犯的嘴，強迫他吞下。沒多久之後，珊卓拉看到受害者的眼神改變了；原本無助懇求加害者的雙眼變得呆滯、失焦，臉上的表情也放鬆了下來，加害者收回手，再次退開。

受害者的嘴唇動了起來。一開始緩慢，接著逐漸加速，呢喃地說著不知什麼，只聽到一連串音節來來去去，從最初的嚷嚷，聲音越來越大，但仍然無法辨識。

「他說的是哪國語言？」珊卓拉問道。「我聽不懂。聽起來像希伯來文，但是我不確定。」

「是亞蘭語。」維塔利說明：「是耶穌時代在巴勒斯坦的用語。」

他的確認反而讓珊卓拉覺得困惑。一個毒蟲怎麼會說兩千年前的語言？

「他說：『幽影之主與我同行。祂是真理的主人，是嶄新的生命。』」維塔利為她翻譯。

珊卓拉看著他：他不是開玩笑的。

這時，影帶裡的受害者繼續唸著相同的幾句話，像在反覆唸誦連禱文。這到底是怎麼一回事？

維塔利知道珊卓拉．維加在想什麼。她在想，犯罪統計中心的警探組長為什麼會對這段影片有興趣，他又怎麼知道受害者在講什麼。但維塔利不在乎這些。該是重新發牌的時候了。就某方面來說，讓珊卓拉對他和他的工作起疑，不失為好事。

螢幕上，加害者把手機放在床頭桌上。從這時候開始，螢幕轉成橫向拍攝，但是他們可以清楚看到加害者的影子橫在受害者上方，單手握住他的下顎，讓他無法扭動。接著，為了徹底褻瀆聖體，加害者動手將金杯裡裝的液體往受害者張開的嘴裡倒。麵餅和葡萄酒——聖體和聖血。受害者沒有絲毫抗拒，喝了下去，整個人似乎處於恍神狀態。他們聽到他吞下液體的聲音，像是髒水流進洗手槽。加害者結束這個動作後便往後退，沒有轉頭也沒有露出臉孔，直接拿起手機繼續錄影。

到了這時候，躺在床上的受害者不再說話，光瞪著茫然的雙眼。珊卓拉自問接下來會發生什麼事。受害者喝下的液體是什麼？絕對不是葡萄酒。倏地，受害者的身體開始猛烈抽搐擺動。綁住他下肢和雙手的繩子幾乎承受不住這股超乎人類的力量。男人胸口的皮膚下有個東西在鼓動。珊卓拉本能地靠向螢幕，想看得更清楚。

是水氣。

受害者的身體開始腐蝕，皮膚毛孔冒出惡氣，皮肉顏色變得棕黑，像是體內在燃燒。儘管他全身肌肉劇烈痙攣抽搐，卻仍然面無表情。但這場折磨還沒有結束。他的皮膚起了皺褶，食道、氣管和接下來的肺部冒出一顆顆膿皰，燒焦的支氣管冒了出來。皮膚的皺褶一道接著一道潰爛迸裂，暴露的血肉上彷彿有無數個洞孔。然而傷口冒出來的不是鮮血而是煙，宛如硫磺。

珊卓拉想像自己是那個計程車司機，他找到的手機裡有這段影片。她想著，當他搜尋手機影片內容試著找出失主時，究竟受到了多大的驚嚇。這會讓他一輩子忘不掉。

受害者突然停止痙攣。鏡頭在嚴重受損的屍體上停了一會兒。在接下來的靜止畫面中，只聽到輕微的嘎吱聲。

影片到這裡結束。

珊卓拉心想，這不是毒蟲在古柯鹼或迷幻藥的作用下拍下來的影片，而是有自己一套方法。

「嗯，您有什麼想法可以告訴我？」維塔利問道。

珊卓拉轉頭看他，眼神充滿敵意。「您想知道什麼？」

「維加警官，除了加害者的身分，還有許多問題沒有解答。從受害者的身分到犯罪現場。我們什麼都不知道。」

珊卓拉很想說：儀式謀殺。但她說：「一分二十七秒。」

她沒繼續說下去，而是倒轉螢幕上的影像。她慢速播放，直到她找到確切的時間點。

「看這裡。」

維塔利俯身看過去。他看到受害者扭動左臂，試圖掙脫綁在床頭的左手腕，姿態非常不自然。珊卓拉觸控螢幕，先停止影片，然後放大。

受害者的前臂有個小刺青。

「一個天藍色圈環。」維塔利說出刺青的形狀，確認自己也看到了。

「這段影片，您想讓人分析多少次都可以，警探。您在裡頭找不出其他有意義的證據。」

珊卓拉看著克里斯匹，信心十足地說出這句話。後者一直沒開口說話，這時正明顯尷尬地看著她。

維塔利注意到兩人間的緊張氣氛。這正是他想製造的效果。

「您今天可以休假了，維加警官。」

珊卓拉不可置信地看著他。

「停電呢？」

「沒有您，我們也撐得過去。」維塔利露出嘲弄的微笑。

「您說了算，警探。」珊卓拉冷冷地回答。

黑色聖餅、亞蘭語、「幽影之主」和這種人類祭祀：她看多也聽多了。她拿起掛在椅背上的外套，從克里斯匹警司面前走過，沒道再見便離開辦公室。

沒多久之後，老警司也站起身。他雙手插進長褲口袋，準備出去。但在離開前，他先轉頭看著他的同事。

「您真的確定我們現在在做什麼？」

「我不必為您做任何解釋。」

如果維塔利真的只是個警探，他絕對不會用這種語氣對上級說話。但他不僅只是個警探。於是克里斯匹露出敗犬似的眼神，轉身離開。

但維塔利不滿足。他心想，藍色圈環。他很高興珊卓拉發現了刺青。她正如大家口中的：高手。也許，她仍然以為自己之所以會來到這個會議室，是為了她在鑑識攝影方面的天分。珊卓拉·維加不知道她早上來到此地其實別有原因。然而，看過影片後，她一定會開始懷疑。

很好，非常好。在她瞭解自己在這起事件裡的真正角色之前，維塔利不會放過她。

珊卓拉所不知道的——亦即維塔利小心翼翼不願揭露的——是計程車司機撿到的手機裡除了這段可怕的影片，還有其他東西。

8

梵蒂岡位於羅馬市中心，佔地五百平方公尺。這個自治國四周築有高牆，除了聖彼得大教堂和教廷官方建築外，還藏著許多養護極好的美麗花園。

然而，長久以來，梵蒂岡內部有片約莫兩公頃的閒置林地。濃密的林木讓這地方與世隔絕。樹林盡頭有個小小的隱修院，住在裡頭的修女隸屬於幾乎絕跡的古老修會。基督的寡婦。

她們總共只有十三人，信仰堅貞，放棄一切福利，包含醫藥在內。她們以自己在菜園耕作的作物為糧食，並且堅守緘默的誓言。唯一的例外是祈禱。二十三年以來，她們的主要任務是監管一個不為外界所知的男人。

一頭可怕的怪獸，一條污穢的生命，一個連環殺人犯。

他犯下的罪行是教會的恥辱，必須不計一切地保護這個秘密。因為，在關進隱修院成為囚徒以前，寇尼尤斯．凡．布倫曾經是神父。

這時，暴風雨短暫休兵。雨勢雖已轉小但尚未停歇。馬庫斯在樹林裡舉步維艱地前進。他知道樹林裡只有自己一個人，但不知怎地，總感覺到還有其他人在場。就像在圖里亞諾監獄裡往上看著向頂洞口那時一樣。現在，他上方有上百隻小鳥站在枝頭。牠們看著他。這位聖赦神父加快了腳步。

又走了不遠，他撥開樹枝，來到隱修院前方的小空地上。少了煙囪冒的煙，這地方看起來就像沒人居住。這條路，馬庫斯很熟。這幾年來，他走了好幾次。他來見寇尼尤斯時學了不少東西。事實上，甚少有人能見到這麼複雜、細膩的罪犯。馬庫斯為了這個人仍在神職時做的事而蔑視他，然而，也多虧了他，馬庫斯才得以清楚覺察沒有被「善」與「惡」污染的人類靈魂。對凡·布倫而言，「善」與「惡」沒有任何價值。他認為自己之所以是怪物並不是取決於天性，而是因為那是上帝的旨意。

馬庫斯來到木門前，先敲三次門，再敲三次門。這是進監禁所的秘密信號。一名修女來為他開門。她穿著修會的傳統服飾，其中最大的特色，便是用黑色面紗罩住整張臉。

這位基督的寡婦認出馬庫斯，放他進門。接著，儘管天色仍然亮著，她還是拿著蠟燭為他帶路。在隱修院裡，停電沒造成任何不便，因為電力——一如所有先進科技——從來沒跨進這道門內。進入隱修院就像回到了過去。而且，這裡距離將梵蒂岡與喧囂羅馬隔開的高牆只有十多公尺遠，祥和仍然主宰著這個地方。

修女走在馬庫斯前方。當她走動時，長袍的下襬掃過石頭地板，讓她的鞋子半隱半現。他就是這麼分辨這些修女的，鞋子是這些基督寡婦的唯一區別。眼前，他看到一雙保守的黑色短靴，鞋帶一路繫到小腿。

修女的年紀同樣無從猜測。她露在衣袍外面的只有拿著蠟燭的手。在搖曳的燭光下，她手上的皮膚宛如絲綢般柔細。隱修院的寧靜彷彿有能力讓人變得光潤，靈魂更顯優美。

唯一沒有受到這個現象影響的，似乎只有寇尼尤斯。

他們慢慢登上階梯，穿過沒有窗戶的走廊，寇尼尤斯的牢房就在走廊盡頭。馬庫斯看到他要拜訪的對象把雙肘靠在光滑的鐵欄杆上，雙手握拳，正等著他。穿著黑色短靴的修女來到走廊的半途便停下腳步，把蠟燭交給馬庫斯。接下來，馬庫斯獨自往前走。

他來到鐵欄柱前，面對著疲憊的老人。寇尼尤斯的皮膚蒼白，牙齒發黃。他身上的背心鬆垮破舊，寬大的長褲儼然成了他消瘦的證據。老人彎腰駝背，頭頂只剩下稀疏的白髮。他甚少洗澡，渾身散發著臭味。但馬庫斯知道自己不能被他的外表欺瞞。

這頭怪物貌似馴服，其實仍然危險。

三年前，寇尼尤斯成功逃出囚室，殺害了一名修女。他將遺體切成好幾塊，丟在樹林裡。從前那頭兇猛的野獸仍然沉睡在他的心底。忘了這件事，就代表死亡。

「歡迎你，朝聖者。」寇尼尤斯招呼馬庫斯。「你來到天主的屋裡有何貴幹？」

囚室裡有一張行軍床，一張木椅，一個放著二十多本書的書架。書架上放著聖奧斯定的《論節制》、伊拉斯謨的《論自由意志》，從聖湯瑪斯到羅塞林的傳記，一直到但丁的《神曲》。二十三年來，這些宗教書籍成了野獸和人類文明的唯一接觸。艾里阿加親自選來這些書。至於其他，艾里阿加這位魔鬼辯護者判他與這個世界絕對隔離。寇尼尤斯就這樣將這些書一讀再讀，免得無聊早時間一步取了他的性命。

馬庫斯坐在牆邊的凳子上。

「阿圖拉．葛達。」他說。

寇尼尤斯選擇站著。

「主教嗎？他出了什麼事？」

「他昨晚過世了。死得可恥。」

「自殺？」

「被機械裝備勒死的。」

「真有趣。拜託，說來讓我聽聽。」

馬庫斯形容自己看到的死亡場景，沒漏掉那個「愉悅項圈」。

聽他說完後，寇尼尤斯不禁露出一抹微笑。

「我可以想像我們的共同友人巴蒂斯塔．艾里阿加得花多少功夫掩蓋墮落聖人的故事。」

「他派我去清理善後。我做得很徹底，絕對不會有人知道。」

「可是？」

凡．布倫明白其中還有內情。

「有幾個違常之處。」馬庫斯說：「從鞋子開始……」

「什麼鞋子？」

聖赦神父低斂雙眼，看著自己腳上的白色帆布鞋。

「今天早上，我在圖里亞諾監獄裡醒過來，身上沒有衣服，雙手上了手銬。有人把我丟在那裡，想讓我餓死。對方讓我吃下的唯一食物，是手銬的鑰匙。我能成功逃脫，是因為我把鑰匙吐了出來。我對醒來前幾小時發生的事情沒有任何記憶；對自己究竟做了什麼事，會讓人想用那種方式來懲罰我也不記得。重點是，我不曉得自己為什麼會遭到這種處罰。那種感覺，就好像我的神智有個黑洞。」

「這和鞋子有什麼關係？」

「鞋子放在我的衣服旁邊。我不知道這雙鞋子從哪裡來的。但葛達的衣櫃裡有一雙一模一樣的。」

「有多少人有這種鞋子？你憑什麼認為這不是巧合？」

「這個……」

馬庫斯從口袋裡拿出九年前五月二十二日報導小托比亞・佛瑞失蹤的報紙。他遞給寇尼尤斯，後者仔細閱讀。

「我不知道葛達主教為什麼留下這份舊報紙。但是，這和我在圖里亞諾的經歷是第二個巧合。事實上，我在口袋裡找到一張撕下來的筆記紙。上頭有我自己的筆跡，寫的是：找出托比亞・佛瑞。」

寇尼尤斯把報紙還給馬庫斯。接著，他背著雙手在囚室裡來回走了幾步。

「一個失蹤九年的孩子，白色帆布鞋，圖里亞諾監獄，一名死因荒謬的主教，你的短暫失憶……」他一一列舉，接著才轉身看著馬庫斯。「如果我幫助你，我會得到什麼回報？我的報酬是什麼？」

馬庫斯早就料到他會提這個問題。

「我在聽。說說你有什麼要求。」

寇尼尤斯沒開口。這個提議很誘人。

「一本書。」

「我同意。」

凡．布倫既高興又無法置信。

「可不是任何一本書。我要的書在羅馬的安吉利卡圖書館❷裡，是一本古書，老普林尼的《博物志》，由十五世紀人道主義學者克里斯多福羅．蘭迪諾翻譯。這本書獻給了那不勒斯國王斐迪南多一世，書裡有極其精美的微縮小圖。」

他的雙眼閃閃發光，宛如一個渴求學問的人，站到了知識泉源前方。

「你會拿到書的。」馬庫斯說。

「艾里阿加會怎麼說？」

❷歐洲最古老的公共圖書館，豐富的館藏之所以重要，是因為教皇允許奧斯定會的修士保存免於受天主教會信理部審判的禁書。

「讓他下地獄去。」

前幾次來訪時，馬庫斯對寇尼尤斯總是抱持著超然的態度。距離讓他不至於忘了自己在和什麼人打交道，同時也讓他在對話時保持公正。這兩人間一直有個默契：互相不侵犯對方的領域。他們永遠不會成為朋友或知己。馬庫斯的來訪，為寇尼尤斯可怖的規律人生帶來消遣。寇尼尤斯知道自己永遠不會脫離牢獄生活。因此，在協助馬庫斯時從未提出任何交換條件。然而，今天他改變策略，要求回報。也許是因為他感覺到這次的利害關係非比尋常。

「好，我會幫你。」凡．布倫向馬庫斯保證。「但是有個條件：你必須知無不言。如果你隱藏任何細節，我都會發現。」

「這個條件你也必須遵守。」馬庫斯這麼回答，談妥了協議。「你對這件事有什麼想法？」

「我不知道……我們手上有太多要素，太多違常之處。我們可能也會被捲進整件事裡。」

「我覺得這和那些消失的片段記憶有關。如果我能拼湊出這些片段，也許可以知道為什麼我會遺忘。」

凡．布倫搖頭。

「很遺憾，可是我覺得這行不通。首先，你應該重新建立順序……我們從這個城市這時候發生的事開始。」

馬庫斯沒說話。寇尼尤斯不可能知道大停電的事。

一會兒後，他才問：「你知道些什麼？」

「古羅馬時代，占兆官會根據飛鳥的行進來預卜上帝的意旨……我做了同樣的事，結果得到的回應是重重壓在我們身上的威脅。」

「你這裡連窗戶都沒有。」馬庫斯說。

「我不是在開玩笑。」寇尼尤斯向馬庫斯保證：「我的視覺受到限制，但是我的聽覺仍然銳利。今早清晨下了雨。我聽到小鳥拍翅膀的聲音，有上百隻。鳥不會在雨中飛行。所以，一定是有什麼嚇到了牠們。」

「是安靜。」馬庫斯想到了他稍早在樹林裡看到的那些黑鳥。是突如其來的安靜讓牠們失去了方向。

寇尼尤斯對自己的推測似乎很滿意。

「只有天災或瘟疫才會讓一個城市安靜無聲。」

「或者是停電二十四小時。」

寇尼尤斯似乎很震驚。

「這麼說，我這二十三年來的生活，羅馬也要經歷一天。」

「恐怕是。現在你知道了。告訴我，這個資訊有什麼用。」馬庫斯很快帶回正題。

老人走到床邊坐下，讓他因為長年拘禁而疲憊的肢體稍事休息。

「利奧十世……」

「什麼？」

馬庫斯沒聽到。

「一五一三年，羅倫佐．梅迪奇的第四個孩子登上聖彼得的宗座，成為利奧十世。才十三歲時，他就秘密地成了紅衣主教。」

「他是馬丁．路德對抗的教宗。」馬庫斯還記得。在這位教宗同意下，教會開始發售贖罪券。

也因為這個原因，他曾經是聖赦神父團和靈魂法庭的敵人。

「沒錯，但他同時也是個協調高手。他救了馬基維利一命，身邊多的是像拉斐爾那樣的藝術家。他有兩種天性，通常互相矛盾，和所有人一樣。」

「這和今天發生的事有什麼關係？」

「利奧十世發布過一篇詔書，規定羅馬『絕對、絕對、絕對』不可以處於黑暗當中。為了強調這個重要性，他重複了三次『絕對』。」

「為什麼要這麼做？黑暗羅馬有什麼讓教宗害怕的事？」

「至今沒有人知道。利奧十世在九天後就過世了，很可能是遭人下毒。」

馬庫斯知道那不是第一次有教宗遭到謀殺。以極端手法處理教會內部的問題並非罕見之事。葛達主教是教宗身邊的得力助手，是個重要人物。

「你這是在告訴我，葛達主教有可能是遭人殺害？」

寇尼尤斯巧妙地閃躲這個問題。

「告訴我，你仔細檢查過遺體了嗎？他身上有沒有什麼奇怪的記號？」

「有個藍色圈環。」馬庫斯提起葛達主教大腿內側的刺青，納悶凡・布倫怎麼會知道。「我尊重我們的協議，你什麼都知道。現在輪到你了。」

「先後順序，馬庫斯。光知道沒有用。首先，你必須把自己所知道的事情建立出順序。」寇尼尤斯再次提醒馬庫斯。

「我受夠你這些小把戲了。夠了。」

寇尼尤斯站起來，又開始在牢房裡踱步。

「你想一想，第一片拼圖是大停電。第二片呢？」

馬庫斯不想聽這個虐待狂的意圖操縱，但他試著鎮定下來。

「我在圖里亞諾監獄醒過來。」

「不對，你搞錯了。你只想到發生在自己身上的事，因為你太執著於你的短暫失憶。這次的短暫失憶喚起你的恐懼，讓你擔心自己像幾年前在布拉格那樣永久失憶。但是你應該從你在圖里亞諾的遭遇之後開始。」

「葛達的死。」

「主教是怎麼死的？」

「我已經說過了。機械裝備勒死的。意外死亡。」

「『愉悅項圈』……你呢，你本來該怎麼死的？」

「他們想讓我在圖里亞諾監獄裡餓死。」

「那麼，除了愚蠢的白色帆布鞋以外，你和主教有什麼共同點？項圈、飢餓，這是不是和古代折磨技巧有關？」

「你這是不是在告訴我，這兩件事背後是同一隻手在操作？」

「你為什麼問我？在來這裡之前，你就已經知道了。」

「那是不可能的事。葛達主教死時只有他一個人。項圈的設計、死亡方式和狀況都排除了有其他人涉入的可能。」

馬庫斯覺得不可置信，他感覺到怒火中燒，相信凡・布倫一定隱藏了某項重要資訊。

「你怎麼知道他身上有刺青？」

「我不知道。我只是問你他身上有沒有記號，而你回答有個『藍色圈環』。」

「胡扯！」馬庫斯說：「把你知道的事情告訴我。」

寇尼尤斯面露微笑。

「教宗詔書，黑暗羅馬……這讓你想到什麼？」

「想到一個幾世紀以來的未解之謎。」

「一般人面對不解之謎時，會有什麼反應？」

「恐懼。」

「沒錯。我們對未知都心懷恐懼。利奧十世發布詔書有什麼企圖？」

「保護，預防。」

「沒錯！因為他知道其他人不曉得的某件事。這個『某件事』會引來黑暗。」

「你是要說，詔書內容是預言？太荒唐了，預言這種事情不存在。」

「黑暗是利奧十世的敵人。一天內，哪個時間最黑暗？」

「夜裡。」

「那個夜晚會比其他夜晚更黑暗？」

「我不知道。」

他不想繼續猜謎。

「快！」寇尼尤斯催促他。

「沒有月亮的夜晚。」

「錯！」凡．布倫怒斥。「最黑暗、最可怕的夜晚，是有月亮……但是沒有人看得見的時候。」

馬庫斯又想到藍色圈環。

「月蝕。」

他低聲回答，但寇尼尤斯仍然得到了確認，知道自己的學生聽懂了這堂課。他的雙眼流露出滿意的神情。

「說得好。停電難道不是科技的月蝕嗎？我們周遭，不再是我們認識的世界。就像我們的祖先在月亮暫時消失時一樣，我們也會突然感覺到脆弱又沒有防備。」

「太陽下山後會出事。可怕的災難。」馬庫斯終於明白。

有些人可能會認為利奧十世在五百年前就預言了這件事。但馬庫斯可不。對他來說，一切永遠有合理的解釋。而這時，他更確信凡．布倫有事瞞著他。

「告訴我，我要怎麼阻止事情發生？」

「按照順序來。」寇尼尤斯指示他，態度獨斷。「今天晚上回來，把你發現的一切告訴我，我們一起尋找答案。還有，千萬別忘了，」他帶著晦暗的笑容說：「別忘了那本書。」

9

台伯河的水位超過了警戒線。

過去幾小時以來，有關單位嚴格監視著這條河流，大家擔心的是淹水。沒有人能預估羅馬還會下多少雨，也不知道河堤能否攔得住大水。

民防人員負責搬運藝術品，這些珍藏全擺到了博物館和建築物的最高樓層。他們在紀念碑和歷史遺跡的四周像堆戰壕般地堆起沙包，以策安全。納沃納廣場、和平祭壇博物館、競技場、萬神殿和所有考古遺跡及教堂看來宛如戰場。

儘管羅馬已經四十年沒淹過水，但變化莫測的河流在過去曾經多次侵犯歷史中心的紀錄仍然深植人心。台伯河提醒眾人，誰才是羅馬真正的主人，幾世紀以來，是誰確保了這個城市的美麗與繁榮，又是誰可以在幾分鐘內一併收回。

因此，檔案室裡空無一人。

這裡的工作人員改派到其他更能發揮作用的場所。至少珊卓拉是這麼希望，因為她不想向同事解釋自己為什麼會出現在這裡。羅馬警察總部大樓裡，這個裝飾著濕壁畫的廳室仍然保持一貫的寧靜。檔案室看似大型圖書館的閱覽室，只不過，放在長木桌上的不是古卷，而是現代化的電腦。多虧了發電機，這些電腦在這時仍然正常運作。

珊卓拉坐在一台電腦前面，輸入與維塔利這個名字有關的搜索條件。

她從維塔利警探的服務資歷查起，發現他在這幾年來變動頻繁。在進入犯罪統計中心以前，他管理過退休部門，接著成為警方停車場運作的督察人員。此外，他還曾經負責通訊、內部雜誌等等。這些都是平實的單位，不需要出外勤工作，因此沒有任何風險。

然而，今天早上在蟻丘的局長辦公室裡，維塔利精準掌握了整個情況。描述手機影片中的殺人犯時，他的表現猶如犯罪側寫人員。「外頭有個人有能力對他的同類做出令人不忍卒睹的惡行。他要我們知道他不但強勢而且還有能力，沒有任何事能阻止他……不要誤以為這只是個警告或威脅。對方在宣示他的意圖。他想告訴我們：這只不過是開端。」

珊卓拉深信維塔利的身分名不符實。她試著繼續往前回溯警探的資歷，好弄清楚他的真實角色。但檔案資料完全封鎖住了。

螢幕上的視窗顯示出：「第四級檔案。」

鬼才相信什麼犯罪資料統計中心，珊卓拉心想。第四級機密檔案歸類的全是棘手機密，例如恐怖組織、顛覆分子和連環殺人犯。

手機影片中的謀殺案屬於上列哪一個範圍？一個會說亞蘭語、接受黑色聖體的毒蟲。他被迫喝下的酸液讓血肉由裡向外腐蝕。他皮膚上的藍色圈環。兇手用手機錄下整個過程，還刻意留在計程車裡確保警方會發現。

那支手機上為什麼會有一滴鼻血？馬庫斯真的和這件事有關嗎？或是說，珊卓拉是因為沒辦法把這個男人驅出腦海，所以才會受到影響？

她想起受害者死前的那段話，當時維塔利的翻譯是：「幽影之主與我同行。祂是真理的主人，是嶄新的生命。」

這是一段禱詞，幾乎足以證實聖赦神父與案件有關。但這個祈求與其他的不同。這當中有些不對勁。

因此，她決定去找她所認識最虔誠的人，一起深入探查這件事。

警察總部三樓，通往逃生梯的防火門與火災警報器沒有連線。雖然大樓隨時都有人維修，但每次感應器一修好，沒隔幾天又會故障。沒有任何維修技師能夠解釋這個謎。其實，只需要在早上十一點左右、當克里斯匹警司用這個出口到樓梯走廊上去抽他當日唯一一根香菸時到達現場，就可以揭開謎底。只有珊卓拉知道解除感應器的人是克里斯匹，因為這位警司在那裡創造了一個舒適的綠洲，而且無論如何都不願意放棄。即使必須以同事的安危為代價。

對克里斯匹這樣幾乎無可指責的人來說，這可能是唯一的罪惡。

她相信無論是惡劣的天氣或停電，都無法讓警司放棄這幾分鐘獨自一人的無上幸福。果然，一如所料，她在樓梯間找到他。

「維加，妳在這裡做什麼？妳不是放假一天？」

克里斯匹剛點燃他的香菸。

「我們必須談一談。」

「談什麼？」

「維塔利是什麼人？」

克里斯匹呼出一口煙，不知該讓目光落在哪裡。

「這是什麼問題？」

「我想知道維塔利真正的——」

「妳為什麼不回家？沒聽到台伯河水可能漫過河堤嗎？」

但珊卓拉沒把台伯河當一回事。她靠過去，一雙綠眸直視克里斯匹。

「你、他、處長和局長，今天早上，你們導了一齣好戲。你們有什麼事瞞著我？我有權知道。」

「我們已經告訴妳了。妳還想知道什麼？」

「你們把我扯進什麼事不重要。讓我最難過的，是知道這件事也有你的份。」

克里斯匹沒說話，但他停了太久，一副窘迫的樣子。

珊卓拉知道自己命中紅心。她壓低聲音，說：「我一直覺得你和其他人不同，你比他們好。而且我一向信任你。說來，我現在還是信任你，否則我不會過來。」

克里斯匹是個正直的人。珊卓拉之所以知道這個地方，是因為某天她因為壓力而崩潰淚流時，他把自己的秘密綠洲告訴了她。那是她和馬庫斯道別後，羅馬殺人魔還橫行的時候。克里斯匹不願意讓其他警員看到她當時的狀態，同時提供她一個躲避的地方和供她依靠的肩膀。

「說吧，警司，拜託你把事情告訴我。」

克里斯匹深吸一口氣，凸出的小腹跟著跳動。他抬起手摸摸頭髮，搔搔脖子，想找出個理由破壞約定，最後他終於找到了。

「我們從來不提。某些主題模稜兩可，可能會造成尷尬的狀況……況且，納稅人不喜歡他們繳交的稅金花在這上頭，尤其還有一群逃漏稅者有待追捕。再者，媒體善於影響輿論。這就是維塔利在警方內部地位特殊，而他也希望保持低調的原因。」

珊卓拉聽不懂。她的上司支支吾吾，講起話來語焉不詳。

「克里斯匹，你究竟在說些什麼？什麼主題？我聽不懂……」

克里斯匹嚥了嚥口水，看著珊卓拉。

「異端犯罪組。」

「那是什麼東西？」珊卓拉問道，她現在終於明白警司為什麼猶豫了那麼久才說出口。

「其實，維塔利是唯一的成員。異端犯罪組負責與宗教有關的犯罪，例如傳教士誘導天真年輕人成為他們社群的奴隸、狂熱分子為了讓社會為自己的錯誤付出代價而殺人，撒旦邪教……」

珊卓拉想起手機裡的影片。她到底看到了什麼？她一直覺得那與某種活人祭祀有關。而現在，克里斯匹幾乎是確認了她的想法。

「說說維塔利這個人。」

「他是個混蛋，不過這妳自然會知道。」

聽到一向注意詞彙，絕不口出穢言的克里斯匹說出這樣的形容詞，還真讓她嚇了一跳。如果他這麼說，那就得相信。

「我也不太喜歡他。」

「這妳自己知道就好。他處理的案件很敏感，而且他習慣遊走在灰色地帶。他權力很大，而且到處都有耳目。他影響力不小，連長官都怕他。據說，他掌握了不少讓他有『豁免權』的秘密。」

「這話怎麼說？」

「他獲得授權，辦案時可以訴諸非常手段，通常會挑戰刑法的極限但又不違法。對他手上的案子來說，處理周到比結果重要。」

珊卓拉直視克里斯匹的雙眼。

「你也是，你也怕他，對吧？」

克里斯匹扔掉菸屁股，破戒點了第二支菸。他深吸了一口，指著珊卓拉，說：「聽好了，和他保持距離。懂嗎？別扯進他的案子裡，忘了這件事。」

「那麼，解釋一下那段影片的事。」

「媽的，妳沒聽我說話！」克里斯匹喊道，他的髒話已經超額了。「回家去，好好享受維塔利放妳的一天假。」

「那段影片。」她又說了一次。

老警司看著珊卓拉，又抽了一口菸，心不甘情不願地說：「兇手可能是讓被害者喝下某種以氫氧化鈉為基底的液體，溶解是為了延緩作用的發揮，讓整個過程更痛苦。折磨受苦是這案子裡的要素。」

「說說看為什麼？。」

「因為這是一樁儀式謀殺案。」

珊卓拉猜得沒錯，雖說，她在維塔利面前什麼也沒提。

「我們不知道那個慘死的受害者是誰，只知道黑色的聖餅屬於某種非常古老的儀式，是月蝕教派用的。」克里斯匹焦慮地四下張望。「天哪，我不該和妳說這些。」

如果老警司無謂地提到天主，就表示情況很嚴重。

「在找妳來之前，我們和處長、局長開過另一次會。時間是昨天晚上，就在手機影片發現後不久。維塔利在那個時候告訴我們月蝕教派的歷史可以回溯到教宗利奧十世。教派成員利用月蝕的夜晚在羅馬犯下謀殺案，殺害無辜的受害者。」

「目的何在？」

「我不知道，維塔利沒有告訴我們。他只補充說成員會的皮膚上有個天藍色小圈環刺青。」

珊卓拉在受害者的前臂上看到了相同的刺青。

「那影帶裡的男人呢？如果他是信徒，為什麼會被殺？」

「妳問太多了，我一點概念也沒有。」克里斯匹嘆了一口氣。「也許維塔利知道。面對這些亂七八糟的事，他泰然自若。他說，黑色聖餅象徵地球投射在月球上的陰影，教會成員吞下後，會到達『意識的狂喜』，話雖誇大，但他確實這麼說。」

「你呢，你怎麼看？」

「昨天之前，我聽了應該會笑出來。但後來我看了影片，就是妳看的那段影片……看到這個說耶穌基督時代亞蘭語的傢伙……」

「你不覺得停電和緊急狀態讓我們屈居下風嗎？我是說，我們從來沒遇過這種狀況，這可能會影響我們的判斷。」

克里斯匹想了想。

「妳說的可能沒錯。現在的我們，就像我們的祖先面對他們無法解釋的自然現象一樣。恐懼會影響我們神智的清醒程度。」

珊卓拉還有一個問題。

「為什麼會找我？為什麼是我？別跟我胡扯剛才那種話，說什麼我是羅馬最優秀的鑑識攝影人員。」

克里斯匹放棄了。

「手機裡除了那段影片，還有一張妳的照片。」

這個謎底讓珊卓拉．維加大感震驚。比想到手機上的血跡可能是馬庫斯留下的更讓她錯愕。

「維塔利想搞清楚這案子和妳可能會有什麼關聯。事實上，他覺得兇手可能想向我們宣布誰會是下一名受害者……所以他才會讓妳放假一天。那混蛋想用妳當誘餌。」

10

日落前兩小時又三十五分鐘

打從昨晚停電訊息公布之後，人稱蟑螂的魯佛便欣喜又不耐地開始熱切等待。在他蝸居的車庫裡，他為這件大事準備了一整夜，思考該怎麼好好利用這個獨特的機會：毫無偏差的巴比倫二十四小時❸。他可以為所欲為，並且不會受到處罰。當然了，謹慎是必須的，但「上工」的想法太吸引人。

蟑螂魯佛和大家一樣，都在等待日落。黑暗會是他的同盟。但首先，他得選擇受害者。

他很早就開始幻想，不知是哪個幸運兒有幸讓他強暴。平常他挑的都是容易下手的獵物。他會避開毒蟲和街友，因為他怕染病。所以，他的目標剩下喝醉的外國遊客、搭便車和逃家的女孩。網路上那些超愛秀的胖女孩他也能接受，那些醜女人吸引到的，是在現實生活中從來沒見過她們真面目的男人。她們會成為魯佛下手的對象，是因為她們和其他女孩一樣，甚少提出告訴。因為她們覺得羞恥，但同時也因為，在內心深處，她們也知道會遭人強暴是自作自受。

然而，停電改變了遊戲規則。為什麼要那麼容易滿足？

一整個晚上，蟑螂魯佛一直在想他經常在超市看見的棕髮女郎。她拎著運動袋，身上散發著少許汗香，豐胸翹臀。或是在手機店工作的金髮女孩，小美人胚子！她雖然和其他店員一樣，穿著醜爆的制服，但是她的彩色丁字褲會從低腰褲頭外露出來。她甚至會刻意彎腰勾引他，賤人。還有還有，他每天早上去喝咖啡的酒館老闆娘。她分居中，帶著一個兒子。她丈夫之所以離開，一定是因為她太愛招蜂引蝶，沒錯，她就是那種人。那個女人會和客人開低俗的玩笑，喜歡他們追求她。儘管如此，那騷貨從來沒正眼看過魯佛。對她，甚或對其他女人來說，他根本不存在。他不過是個靦腆內向，靠牆走路，轉個彎就消失蹤影的瘦子。像隻蟑螂。只不過，是那種大家連踩都懶得踩的蟑螂。如果她們知道他靠按摩棒和刀子能做什麼事……魯佛一向樂得遠遠看著她們。如果要用他常用的方式上這些女人，他最後的下場一定是坐牢。

但這晚，他的野心可以大一點。他覺得自己像蛋糕堆裡的蟑螂，到處都是美味的糖！經過深思熟慮，他決定剔除超市的棕髮女郎，因為他沒時間去調查她。酒館老闆娘也不列入考慮，因為她帶著兒子。他只能選擇手機店的金髮小美人了。他沒花多久時間就查出她的住處。他的計畫，是出其不意地上門拜訪。

不過，在行動之前，他必須先等到日落。自從他今早醒來到這個時候，他手淫了至少四次。現在他該鎮定下來，否則晚上會沒戲唱。為了轉移注意力，他重新收拾裝備，在心裡演練計畫。因為宵禁的關係，他必須更謹慎。如果條子攔下他，查到他背包裡的裝備，絕對會痛毆他一頓。

❸二十四小時制由巴比倫人制訂的六十進制衍生而出。

那些雜碎。他確信那些穿制服的虐待狂等的就是個藉口，好對他動粗，用警棍打破他的腦袋。今晚，羅馬會進入第三次世界大戰。不過大家都知道，蟑螂根本不在乎炸彈。說到底，幾百萬年來，地球經歷了物種滅絕，而蟑螂是唯一存活的生物。

車庫中，他在腦子裡又模擬演練了一次為避開巡邏員警而決定的路線。接著，他再次檢查奇襲金髮小美人時要戴在額頭上的GoPro相機。這東西必須完美運作才行。唯一的問題在於電池。電池不能充電，他只能將就。如果這些電池在最美妙的時刻電力耗盡，那就太掃興了。他花了一筆錢買下這寶貝，製作出來的成果驚人，不但影像穩定，光線還會自動調校。不過話雖如此，為了加強影片的品質，他還經常後製處理。

若是把蟑螂魯佛當作單純的瘋狂強暴犯，那就大錯特錯。他同時還是個真正的小型企業家。他剛起步的生意，在網路上為他賺了不少錢。

色情網站的最後一道界線是強暴。

魯佛認為自己不是平凡的導演，他自視為藝術家。在愛好此道的影迷心中，他的作品已經是傳奇。最近，蟑螂魯佛甚至準備了串流直播的設備。他點子還多得很。

他在想，就經濟層面來說，在停電時刻加諸於金髮小美人身上的性暴力可以為他帶來多少收益。他相信那會是一大筆錢。魯佛打算全程錄下，從一進公寓就開始。想著想著，他雙腿間湧起一股熱流。他又硬了。他沒有抗拒衝動，一手滑進褲子裡握住陰莖——算了，吃顆威而鋼就能多幹金髮小美人幾回。他頭往後仰，雙眼緊閉，等待高潮來臨。沒想到來的不是高潮，而是胯間的一陣劇痛。

「你好嗎，魯佛？」馬庫斯捏緊魯佛的睪丸，問道：「你準備做什麼？」

馬庫斯將他往上拉了幾公分。魯佛說不出話來。他的肺部榨空，連呼吸的力氣都沒有。馬庫斯在他身後——他怎麼進到車庫來的？但他認得聖赦神父的聲音。他稱這個左側太陽穴有道傷疤又常常流鼻血的男人為「掃興傢伙」。他們唯一一次見面時，他剛結束一場和一個年輕亞洲女孩的最佳演出——他送了她一刀。蟑螂魯佛對那天記憶猶新，因為之後，他因為脊椎裂傷和骨盆壓擠受傷在醫院裡住了兩個月。

「蟑螂魯佛，」馬庫斯說：「悲劇故事中讓人反胃的男主角。」

馬庫斯稍微鬆開手讓魯佛呼吸，四處看了看。

「我看啊，你給自己打造了一個新家。網路先驅一向從車庫發跡，做得好。」

魯佛發出一些聲音，但連他也不確定自己說的是什麼。

「我聽不懂……你想跟我說什麼？」馬庫斯把嘴巴靠近連續強暴犯的耳邊。「別喘，快回答。我要知道關於一個有趣的捆綁玩意：『愉悅項圈』。我找到的這款有附件，頭戴式虛擬實境眼鏡，可以連線看色情網站。整套裝備放在一個襯著黑絲絨的高雅盒子裡。」

「……有錢……」

馬庫斯只聽懂這兩個字，於是他決定讓魯佛喘口氣。他一放掉蟑螂魯佛的睪丸，後者便雙手掩著下腹，漲紅著臉滿地打滾。

「方便請你重複一次嗎？」

「只有有錢人才買得起那東西。」魯佛氣若游絲地說。

「這我也知道。說些我不曉得的，否則我又要開始除蟲了……決定權在你手上。」

蟑螂魯佛躺在地上，久久地看著天花板，試圖平息疼痛。

「我要表達的是那樣的裝備很貴，因為那一定是獨一無二的訂製品。」

「誰會製造這種東西？」

「皮革項圈加上電子設備，對吧？」

馬庫斯知道自己找對人了。

「沒錯。」

「羅馬只有一個人會這樣做。一個真正的工藝師。他的客戶都是上流社會的人，重點是那些人都很有錢，為求品質不計花費。」

「他叫什麼名字？」

「他沒有名字。大家都叫他『玩具工藝師』。」

就他販售的商品來說——精緻的成人玩具，滿足小小變態慾望的機械製品，這個定義名符其實。

「我要去哪裡找他？」

「當然是去看電話簿。」

魯佛哈哈大笑但隨即停下，因為劇痛讓他想起自己最好不要動。

「我剛才不是說了嗎，他沒有名字，所以沒有人知道他住在哪裡，這很合邏輯，你不相信我嗎？」

「那麼，我要怎麼做才找得到他？」

魯佛知道這是自救的機會。

「如果我帶你去，你答應不殺我？」

馬庫斯對這類提議非常有信心。

「我不知道。」

魯佛走在建築物的陽台下方避雨，馬庫斯落後他幾步，但沒有讓他離開視線。他完全不在乎被雨淋濕。

這時的行人比早上來得少，路人加快腳步，與他們錯身而過，急著在宵禁前回到家。雲層上方的陰暗光線已經變色，馬庫斯知道自己得快一點。

馬上要日落了。

帕里奧利名列羅馬最優雅的區域，地區警力充裕。馬庫斯心想，大概是因為這裡住的都是經濟寬裕的社會階層吧。但宵禁不足以讓小偷遠離。不久後，他們會成群出現，既飢渴又殘忍。

玩具工藝師不會有問題的，因為他長久以來一直採取著必要措施。他住在一幢五〇年代蓋的花園別墅裡，四周的磚砌高牆上還架了帶刺鐵絲網，而且到處都是監視錄影機。看到錄影機鏡頭的紅點，馬庫斯明白屋主一定自備發電機。他數了數，外頭至少有三套警示系統，就不知道牆裡還有幾套了。要進去只有一種方式：當他們來到門口時，馬庫斯把魯佛推向對講機。

「他看到我帶你來會大發脾氣。」蟑螂魯佛說：「而且還要他肯開門。」

「為了你好，希望你知道怎麼說服他。」馬庫斯威脅道。

魯佛伸手想按電鈴，卻突然停下動作。

「這是怎麼一回事……」

魯佛看著門，然後把手貼上去。他一推，門就開了。他帶著詢問，看向馬庫斯，因為他不曉得該怎麼辦。馬庫斯要他進去。

「呃，我就帶你到這裡，現在你可以自己繼續了。」魯佛表示抗議。

馬庫斯連聽都不聽，一把扯住他的手臂就往房子的方向走。來到門廊，他發現屋裡沒有任何聲音。儘管有發電機，屋裡卻沒有開燈，而且大門也只是虛掩。

「說說『玩具工藝師』這個人。你對他有什麼瞭解？」

「他又胖又禿，脾氣不小。」魯佛回答。

「他幾歲？」

「我不清楚，五十多吧。」

「他有武器嗎？」

從魯佛的表情來看，馬庫斯知道他從來沒想過這個問題。

「聽著，我快嚇死了，你幹嘛不讓我走？」

馬庫斯再次充耳不聞。他把魯佛推向門邊，門刮過地板，往裡頭打開。

「他媽的！」魯佛咒罵。

馬庫斯跨進門，走了幾步，環顧四周。這房子很奇怪。牆壁都漆成深紅色，牆面上還有好幾個壁龕。他走上前看。其中一個裡面擺著一套裝飾得很精美的白鐵旋轉木馬，上了亮光漆的馬匹閃閃發亮。另一個壁龕裡是一組機械微縮馬戲團。第三個壁龕裡則放了一個彈簧傀儡。

工藝師喜歡老玩具。

「漂亮的收藏，是吧？」魯佛說：「我第一次來的時候，在這裡留了——」

「安靜。」馬庫斯打斷他的話。在雨聲中，他聽到房子裡有個聲音。「你也聽到了嗎？」

「聽到什麼？」

聲音來來去去的，像是呻吟。但馬庫斯不確定聲音的真實性。說不定這是最近那場失憶的後遺症，說不定是耳鳴。他扯著魯佛，將他拉向走廊。

接著，他們走進一個圓形廳室，這裡的窗戶正對著內院，院子裡的松樹被這陣子的風雨打得光禿禿的，既醜陋又陰森，像是舞動的骷髏。

「這裡是實驗室。」魯佛說。

整個廳室分隔成兩個部分。一邊有一台電腦和一張金屬桌，桌面上零散放著自動化機械的零組件。另一側的工作檯上除了工藝工具外，也放著皮革、絲絨和綢緞。馬庫斯還看到一面柔軟的淺色布料，看來觸感極好。

魯佛解釋著：「這是玩具工藝師的招牌皮面。」

「這要拿來做什麼用途？」

魯佛笑了出來。

「什麼話嘛，還能拿來做什麼？你會拿來做什麼？難道你不想去摸？」

馬庫斯知道魯佛在嘲笑他。他對皮面沒興趣，逕自走向電腦。

「你對『愉悅項圈』有什麼瞭解？」

「玩具工藝師曾經告訴過我，說他把那東西改良得幾乎完美。你形容給我聽的那個項圈是『豪奢版』，連結到某些在官方網路上找不到，只能在地下網路——也就是所謂的深層網路——找到的資料庫。裡頭有些極端或實境兇殺色情片。光是擁有這些片子就可以定罪。」

馬庫斯滿腦子都是阿圖拉·葛達的兩個影像。一個是他在大部分人面前的形象，對那些人來說，他已經是聖人。另一個，則是他今天早上看了幾眼的現場：赤裸又污穢。

「如果色情影像直接來自網站，那麼項圈可能可以遠端遙控。」

「有可能。」魯佛承認。「我對那東西瞭解不多。」

「如果項圈可以遠端遙控，說不定有人會侵入軟體，修改運作機制。」

「電腦病毒。對，沒錯。」魯佛表示同意。

這麼說，葛達主教一定是遭人謀害的，馬庫斯心想。而謀殺他的人能夠從這裡直接控制。就在他的假設逐漸成為確定時，馬庫斯又被剛進屋時聽到的呻吟聲分散了注意力。

但這次魯佛也聽到了。

「那是什麼聲音？好像是哭聲，來自……」

「……孩子的哭聲。」

馬庫斯現在確定了。

他們同時轉向同一個方向。哭聲來自一扇關閉的門後。馬庫斯走了過去。

「喂，等等。」魯佛試圖阻止他。

但是聖赦神父不想聽。

「媽的。」魯佛咒罵一聲，跟了上去。

馬庫斯打開門，走了進去。他不得不等了一會兒，讓眼睛適應昏暗的光線。接著，他看到了。他果然沒聽錯。

有個孩子站在房間中央。

「媽媽！媽媽！來接我，媽媽！」嚇壞的孩子懇求道：「別把我丟在這裡！不要放我一個人！」

馬庫斯走向孩子，他認出那頂繡著羅馬足球俱樂部的棒球帽。

違常之處立刻跳入他的眼簾：經過九年，托比亞．佛瑞沒有長大。

「媽的什麼鬼！」魯佛在他背後喊：「搞得我起雞皮疙瘩。」

孩子關在玩具工藝師的一個壁龕裡。他的臉上掛著小小的淚珠。當他說話時，嘴巴幾乎沒有開。但重點是他臉上沒有任何表情。

「媽媽！媽媽！來接我，媽媽！別把我丟在這裡！不要放我一個人！」孩子講了第三次。

「我的天，看起來像真的一樣。」

魯佛沒有開玩笑。

這就是玩具工藝師的招牌皮面，馬庫斯想，剛剛在實驗室裡看到的皮面用來製作真人尺寸的完美擬真人偶。

「這男人太神了。」魯佛佩服地說：「你喜歡強暴女人，他就幫你搞一個哀哀叫的女人。你是擔心坐牢的戀童癖，他讓你不必犯法也可以滿足幻想。」

他利用的，是人們最低劣的罪惡。他讓他們滿足變態的慾望，卻仍然保持天使般的純真。

「等等。」魯佛靠向壁龕。「我知道這是誰！我當時十歲，我媽揍得我屁股開花，她絕不讓我自己出門亂跑，根本中邪了。她說：『路上有人強擄小孩，你的下場可能會和托比亞一樣……』這小鬼頭毀了我的童年。」他笑道：「沒有人知道他最後的遭遇，我希望他死了。」

馬庫斯不想回應他的瘋言瘋語。相反地，困擾他的，是從魯佛口中得知的事實——一直沒有人找到托比亞。

他彎腰看，在放人偶的壁龕旁邊有一具無線電話。電話燈亮著，但當然了，電話線路不通。

馬庫斯告訴自己，最近有人在這裡打電話。

「喂，你流鼻血了。」

馬庫斯抬起手摸臉。魯佛說得沒錯。

「像上次一樣。」魯佛說：「是我害你流鼻血嗎？」

他又笑了。

就在馬庫斯看著沾了鼻血的手指時，有個東西掠過他的視線範圍，停在血漬上。

一隻披著藍色金屬光外衣的綠頭蒼蠅。

「我要你立刻離開。」他說：「再也不要踏進這個地方。」

這讓魯佛不可置信。這刀疤男不打算殺他？他真的可以回到車庫，重啟今天晚上的計畫？這個在他們第一次見面時就捏碎他睪丸的傢伙不像在開玩笑。

「是，遵命。」魯佛努力隱藏自己的興奮之情。

隨後，在那傢伙改變心意之前，他一轉身就跑向出口。手機店的金髮小美女等著他——是說，她還不知道就是了。

這地方只剩下他一人，馬庫斯俯身看著綠頭蒼蠅。

「走，小東西。」他命令蒼蠅：「帶我去找他。」

11

一群蒼蠅聚在三樓的走廊上，在天花板和一間關閉的房間之間，透過下方的門縫來來去去。馬庫斯先戴上乳膠手套才去握門把。門一開，一團黑雲便鋪天蓋地而來。他伸手揮趕，就在這時候，他聞到一股刺鼻的腐臭味。他猛然後退，彷彿有隻隱形的手拉著他。他用外套袖子掩住口鼻，試著破開蒼蠅牆往前走。最後他終於穿過障礙，走進房間裡。

這是一間小浴室。浴室裡光線昏暗，但唯一一扇窗戶的百葉窗被拉開來，讓綠頭蒼蠅有空間飛進來。

屍體躺在浴缸裡，手腳被捆起來，渾身赤裸。蟑螂魯佛形容得沒錯，玩具工藝師確實又胖又禿。他身上覆著一層黃色的黏稠物質，上面停著上千隻蒼蠅和幼蛆。裹著蜜的屍體。

Calliphora erythrocephala，俗稱「綠頭蒼蠅」。

稍早，綠頭蒼蠅停在馬庫斯沾了鼻血的手上時，他立刻認出這種性喜腐屍的昆蟲。接下來，只要跟著走就對了。

玩具工藝師遭受了最慘烈的酷刑：奶蜜人偶。

這是殘酷的報復法律，但本質十分優雅。先將受刑人的手腳捆綁起來，在他身上潑灑加了糖的奶，然後讓他留在開窗的房間裡，等候蟲子上門。

綠頭蒼蠅把人體加溫的奶味當成屍體的味道，把卵產在受刑人的皮膚上。幾天後，卵孵化成蛆，以依然活生生的受害者為食物。

兇手為玩具工藝師布置好蒼蠅浴之後，下樓到電腦前面等待葛達主教啟動項圈。主教一連上線，兇手便遠端遙控勒死他。

但在這兩起事件之間，他同時還試著殺害馬庫斯，把他關進圖里亞諾監獄。

馬庫斯再次自問：他與這些事究竟有什麼關係？他扮演的是什麼角色？為什麼他什麼都不記得？

找出托比亞．佛瑞。

到目前為止，他只找到那孩子可怕的擬真人偶。在他看到玩具工藝師屍體上的記號時，他停止了自問。

和葛達主教一樣，玩具工藝師身上也有一個藍色圈環的刺青。

馬庫斯試圖尋找其他違常之處。然而窗口透進來的光線漸漸微弱。馬上就要天黑了。黃昏了，他心想。他不能繼續耗在這裡，必須離開。然而他的本能卻阻止了他。他還沒弄懂樓下擬真人偶旁那具無線電話的意義，他希望兇手留下了其他線索。事情不可能這樣結束，事情不可能這樣結束。

他想引導我到其他方向。

他在屍體前面跪下。倘若真有什麼線索，那麼這裡就是該仔細搜尋的地方。兇手不可能在其他地方留下記號。因此，他鼓起勇氣，壓下反胃的感覺，閉上眼睛，把雙手埋進浴缸堆積著一層油膩分解物的底部。

沒多久，他便摸到了一樣東西。他果然沒猜錯。

他摸到了一團紙。這團紙不可能在這裡擺太久，他心想，否則早就毀在屍體分解的酸性物質中。他攤開紙團。這又是一張從神秘筆記上撕下來的紙。他再次認出自己的字跡。這上頭寫的和托比亞・佛瑞完全沒有關係。

這次，紙條上寫的是另一個名字。

12

巴蒂斯塔・艾里阿加一動也不動，站在他公寓面對帝國廣場的大型凸窗前。

羅馬上方籠罩著厚重的泛紅雲層，帶來血色的雨水。城市裡的陰影漸拉漸長，黑暗即將襲來。

紅衣主教艾里阿加把玩無名指上的權戒。他自問，這一切，莫非是對人類所有罪刑的公正裁罰。包括他在內。

經過馬庫斯的善後，幾小時前，阿圖拉・葛達主教斷了氣息的遺體被「正式」發現。艾里阿加決定下次再見到馬庫斯時，要恭喜他優異的工作表現。現場沒有「愉悅項圈」的蹤影，也沒有赤裸的屍體。

然而，事件不只那一樁。

艾里阿加花了好幾年時間，讓自己置身於奢華，掌握特權。他的公寓是他費盡心血掙來的——有時甚至透過頑強手段——權力象徵。公寓裡的古董家具、桂爾契諾、基蘭達奧的作品和所有其他寶貴珍藏原本應該要為他打造出庇護地，帶來安慰。可是在這一刻，這些收藏只讓他覺得自己可能失去一切。

利奧十世的預言。那些預兆。

窗外，他看到文書院宮屋頂上的黑旗。這是因特殊狀況而召開靈魂法庭的秘密信號。因此，他準備離開家門，勇敢挑戰世界末日。他的私人秘書早已告訴過他，台伯河很可能會潰堤。

他沒辦法鎮定心神。在停電和暴雨的尾聲，是什麼理由讓神聖的會議無法延遲舉行？是誰告解了什麼重大過錯？為什麼急著決定這個罪過是否能得到寬恕？他只看得到一種答案。只有臥床臨終的人，才可能是無法等待的罪人。

利奧十世的預言。那些預兆。

不。這位魔鬼辯護者不會逃避他的責任。

珊卓拉點亮家裡所有蠟燭，因為她不希望被黑暗嚇到。斷了電，熱水器也不能使用，於是她沖了一個冰水澡。部分日常生活中的小確幸消失了，最糟的，是消失速度如此之快，讓人無法適應這些事情的新秩序。

但是在承認自己被打敗之前，她做了一個決定。如果世界末日真的要來臨，那麼她會以應有的態度面對。

於是她選出衣櫃裡最美麗的洋裝——一件黑色緊身洋裝，以十二公分的高跟鞋來搭配。至於蕾絲內衣，她穿的是半罩杯胸罩、絲襪和丁字褲。隨後，她坐在剛到羅馬時在市集買來的三角桌檯化妝鏡前開始準備。她先抹上面霜，打粉底，接著來到眼妝，除了眼線筆和眼影，還為長長的睫毛刷上睫毛膏，最後才用口紅柔軟的尖端為豐滿的嘴唇潤上唇彩。

她一面化妝，一面想著自己和克里斯匹在警察總部防火樓梯間的對話。

計程車裡找到的手機裡有一張她的照片：她到現在還難以相信。

「維塔利想搞清楚這案子和妳可能會有什麼關聯。」當時，警司抽著他今天第二根香菸，說：「事實上，他覺得兇手可能想向我們宣布誰會是下一名受害者……所以他才會讓妳放假一天。那混蛋想用妳當誘餌。」

珊卓拉沒去思考自己面對的危險，而是算起這輩子的總帳。克里斯匹警司抽多少香菸？一天一根。也許他以為這樣可以遠離癌症，但這樣加總起來，一年也抽掉了三百六十五根。她坐在鏡子前面化過多少次妝？從她少女時期算起，平均一星期一次。她有幾雙鞋子？幾件晚禮服？當她還在鑑識部門工作時，她總共為幾具屍體拍過照？相反地，她在多少次生日時曾經拍下永恆的照片？她看過幾場電影？讀過幾本書？吃下多少片披薩？多少冰淇淋？對於哪些事做過多少次，我們從來沒有多少印象。但如果一件一件加總起來，還真的會出現難以想像的數字。

這個數字就是人生。

有多少次，她曾經在腦海裡偷偷喊過馬庫斯的名字？過去幾年，他們見過幾次面？說過幾句話？交換過多少次親吻？

就那麼一次。

雲層後方，太陽落向地平線。珊卓拉察覺到，當她不得不計算人生時，她獨自一個人，只有自己。

獨自一人，就不會有任何損失，她告訴自己。她把她的警徽和手槍放進皮包裡。一陣風從打開的窗戶吹進來，撲熄所有蠟燭。珊卓拉．維加滿意地看了鏡裡影像最後一眼。

如果維塔利想要一個誘餌，那麼她準備好了，隨時可以死。

在蟻丘的螢幕前方，每個人都在等待。

從基層警員到警察局長，每個人都承受同樣的壓力。迪吉奧吉局長宛如艦長，坐在他的辦公室裡監看。在他身邊的是阿爾伯堤處長和刑事組的克里斯匹警司。維塔利越是觀察這三個人，就越蔑視他們。

他早就提醒他們要小心，但他們不願意聽。

一直要等到十六點十一分，他們才會明白他的說法有多麼正確。之後，暮色會奪走羅馬的光明，啟動緊急狀況的第二階段。

宵禁。

從這一刻起，所有安全系統才真正接受考驗。他們馬上就會知道預防措施是否奏效。答案就在他們眼前的螢幕上。彷彿小小哨兵的三千個街頭攝影機已經切換到夜間模式。紅外線鏡頭送回了被黑暗吞噬、空無一人的羅馬景象。

像個鬼城。

除了各部會、軍營、警察局和大型旅館以外，自備發電機數量很少。此外，官方徵收了加油站的油品和其他能源，以便分布在各地的緊急車輛和應變中心能正常運作。

一般市民則卸下所有能使用的資源。

維塔利心想，這是科技獨裁。人民正在承受後果。科技獨裁簡化人生，但也征服了我們。我們自以為大權在握，但其實我們只是奴隸。現在，大家自由了。但自由讓人心中恐懼。他們不知如何處理這個全新的情況，同時，人們也成了彼此的威脅。

十六點十一分。

這道界線剛剛打破。

根據螢幕上顯示的影像，市民完全遵守宵禁的限制。大家都遵守留在家中的命令，街上沒有憤怒的群眾。交付給警方的特殊權力有效遏阻了心懷不軌的宵小。當然了，沒有人確定民眾住家裡的情況，但宵禁已經成功。

為了慶祝這場勝利，蟻丘內響起一陣掌聲。

局長一開始似乎不怎麼樂意，但最後還是加入了其他人的行列一起鼓掌。處長和克里斯匹也有樣學樣，只有維塔利仍然不為所動。他和幾個上司不同，他仍然迷信，因為夜晚還很長，而黎明太遙遠。這時一名警員找他。有人用無線電呼叫他。

「珊卓拉·維加警官剛剛出門。」無限對講機的另一端傳來消息。

對此，維塔利並不驚訝。畢竟他早已在她家樓下部署了巡邏警力，因為他正等著她出門。

「知道了，我馬上到。」

他掛斷通訊時，發現蟻丘內的掌聲沒有剛才響亮。他環顧四周，只看到一張張呆滯的臉孔。

「出了什麼事？」有人問道。很快地，其他人也提出相同的問題。

局長的臉色突然發青。大家無法相信、近乎癱瘓，依舊看著自己的電腦，但這會兒表情不同了。維塔利轉身看螢幕牆。

螢幕一個接著一個暗下。

「怎麼可能？」迪吉奧吉局長憤怒地問：「供電給網絡的電池沒問題，不是嗎？」

沒有人回答他，大家忙著在電腦上查找這個突發的問題來源。

他們以為這是技術問題，維塔利心想，可憐啊，無知。外頭有人正在破壞攝影機。這是他們無法接受的事實。

「立刻幫我接通一組巡邏隊。」處長下令。

沒多久，擴音器傳來一名警員的聲音。

「這裡是人民廣場。」警員試圖壓過背景噪音。「情況失控了。我們需要增援，立刻就要！」

他們聽到一聲巨響。接著不知出了什麼事，警員的聲音中斷。

「警員！」處長呼叫他：「警員，回答我。」

維塔利和其他人不同，他顯得自得其樂。這種事不是每天看得到的。權力架構垮台，規則終結，文明崩壞。

透過仍然連線的對講機，他們隱約聽到一種可怕的聲音。這聲音讓維塔利聯想到宣告末日騎兵即將到來的馬蹄聲，其間夾雜著歡樂的呼喊和驚恐的尖叫，以及遠處的爆炸聲、玻璃破碎和金屬爆裂聲、火焰和打鬥的聲音。蟻丘裡的人永遠忘不了，沒有人知道該怎麼辦。

時候到了，維塔利警探心想。羅馬的末日正要開始。

黃昏

1

黎明前十四小時又三分鐘

黃昏很涼快。暴雨緩和了下來，空氣中浮動著柔和的濕氣。

在蟻丘裡待了一整天後，維塔利樂得出來透透氣。他在淺灰色的西裝外套外加了一件灰褐色的雨衣。他調整藍色的領帶，讓領帶和腰帶扣環呈現完美的垂直線條。接著他深吸一口氣，享受這寧靜的一刻。

城市的這個區域很安靜，暴亂主要發生在人民廣場周遭。警力已經前往支援，這附近一個人也沒有。

維塔利從口袋裡拿出一支手電筒，探步走進被雨打濕的街道。在一片寂靜中，他棕色的皮底軟鞋踩出音樂般的節奏。維塔利警探覺得自己宛如費里尼電影《生活的甜蜜》片中的男主角，走向特維雷噴泉去找一名穿著晚禮服泡池水的火辣金髮女郎。但剛才有人向他報告，塗鴉客用噴漆破壞了特維雷噴泉的白色石灰華岩雕像。

而且他還有另一個約。

他在黑暗中往前走，一個持刀男人冒出來。

「你的錢包拿來。」對方命令他。

維塔利看著男人，他明白了：他辨認出對方空洞茫然的眼神。所以說，這真的開始了，他想著。真是難以相信，事情會真的發生。

他絲毫沒有猶豫，掏出雨衣下的警槍就開火。這槍轟得男人往後倒，砰一聲跌到地上。警探上前檢視屍體，用手電筒照亮死者的臉看。

無政府狀態的好處，是大家都適用相同的規則，包括警察在內。

他繼續往前走。珊卓拉．維加不會等他。跟蹤她的警員已經把她的位置通知了他。維塔利在念珠商街攔下跟監的員警，用手電筒打信號，要他們離開。接著，他自己跟上去，落後她大約五十步遠。黑暗中，他看得不是太清楚，珊卓拉穿著黑色洋裝，從聲音判斷，他猜她穿了高跟鞋，而且一路留下淡淡的香水味。他納悶地想，不知她這麼優雅，尤其這麼安靜，究竟是要去哪裡。

珊卓拉．維加走在這條著名的古董街上，到一半突然向右轉。維塔利加快腳步靠到轉角處：這是一條死巷，但珊卓拉消失了蹤影。幸好他及時看到一扇門洩出光線後立刻又關上。他走過去，等了一會兒才敲門。

一名穿著正式的男人來開門，上下打量他。

「請問有什麼事？」

「我和一個朋友有約，她剛剛才到。」維塔利說謊。

「您有邀請函嗎？」

「呃，沒有。」

「這是私人派對，持有邀請函才能進來。」

維塔利既不想也沒時間和他爭論，但他決定保持風度。他確定亮出的警徽派不上用場後，順手讓對方看到他的武器，讓男人明白他有多麼堅持。

「我不想惹麻煩。只是想開心一下。」

男人想了想，最後還是讓他進去。

男人告訴維塔利該怎麼進去，他沿著服務人員用的後走廊往前走。沒多久，他就認出自己置身在一間著名的高級旅館，猜出剛才是走小門進來的。他很快就來到酒吧裡。酒吧裡氣氛朦朧，到處點著蠟燭，播放著情調音樂。他有點退縮，因為他是唯一沒穿正式禮服的男人。裡頭的女人都穿著晚禮服，隨意佩戴昂貴的寶石，面帶微笑。就在外面的世界堅定地走向混亂時，這裡的男女仍然保持格調和優雅的舉止。為什麼不能一直如此呢？維塔利自問。這些人雙雙對對坐在沙發上或吧檯邊，喝著調酒，低聲討論大雨和好天氣，以免打擾到別人。

他看到珊卓拉的背影，她放下了及肩的長髮。她在大廳裡，在接待處前面。他看著她接下兩把鑰匙後走向大廳的角落，來到空無一人的小沙龍旁。但她沒坐下，而是若無其事地把某個東西放到一張矮桌下，隨後便走上樓梯。維塔利利用這個機會去看她究竟這麼隨意地放了什麼東西。

房間的第二把鑰匙。這麼一來，維塔利明白自己搞錯了：真正的派對是在樓上。

珊卓拉是在一年前開始的，對三十歲的她而言，守寡成了太令人沮喪的負擔。

她在偶然間得知這個地方的存在。第一次，她在健身房的更衣室裡無意間聽到兩個女人的對話。那些話聽起來像是八卦，她沒有太注意。後來她認識了一名常客。她沒問太多問題，因為她不想顯露出太大的興趣，但事實上，她已經開始好奇。經過簡短的調查，查明內容究竟為何之後，一天晚上，她鼓起勇氣，決定親眼來見識。

整個過程十分低調。唯一必須的，是穿著晚禮服。這樣的派對一個月舉行一次，在這天，旅館不會對外開放。賓客從小門進入後，想做什麼就做什麼。他們可以在酒吧或沙發區度過夜晚，保持禮貌地和陌生人閒聊。或是，他們也可以決定和某個人到樓上房間獨自相處。

珊卓拉為自己設計了一個機制。

她會向接待員要來同一個房間的兩把鑰匙，然後將其中一把隨機放置，可能是在吧檯桌上，或是在廁所裡。隨後，她直接上樓，脫下衣服關掉電燈，然後等待。

有時候，沒過多久門就會打開又關上。她聽到踩在地毯上的腳步聲，感覺有隻手在愛撫她。有些人這樣就滿足，有些人則會爬到她身上進入她。他們會說話，也有人保持安靜。有人喜歡慢慢進入情況，也有人很快就高潮。來的多半是男人，偶爾也有女人。其中有一個女人格外溫存，珊卓拉希望她能再來，但這個期待一直落空。對珊卓拉來說，最重要的是不要看到對方的臉，不要想像他們的模樣。她無法忍受在樓下的沙龍酒吧裡讓人追求；說了那麼多話，只為一個簡單的目的。互相交換這種無法說出口的私密需要，對她來說已經足夠。接下去，大家各自回到自己的世界，對彼此一無所知。

然而，有一天的過程完全不同。

有個人走進房裡，但沒有走向大床。他就停在關上的門邊。她聽到呼吸聲，即使在黑暗中，也知道對方的眼睛看著她。幾分鐘後，對方便離開。

同一個情況重複了好幾次。有幾回，這個神秘訪客會往房裡再跨一步。她數過，最多六步。但對方總是碰都沒碰她就離開。

多虧了這個人，她才有了自己沒想到的領悟。也就是她來這個地方的真實動機。這不是變態，而是一種治療。有些治療除了羞辱之外，還具有破壞性。但有時，只有惡才能洗淨惡。珊卓拉．維加厭倦了鏡子裡的自己。她需要打破規則，徹底變成所有人都不認識的另一個人，變成連她自己都不認識的人。這個陌生人在她身上看出什麼？她真的很想知道。她確定他知道真相。

對新的偶遇而言，停電的夜晚太完美了，這也是珊卓拉選擇在旅館裡過夜的原因。她來到慣用的房間，一如以往地準備妥當，大膽迎接機運。在手機影片裡殺害毒蟲的兇手可能會進來。但是她會知道，因為兇手會給她黑色的聖餅。珊卓拉記得黑色聖餅對受害者造成的效果：毒蟲說起亞蘭語。那麼她呢，她會有什麼反應？

「來找我吧。」她對著黑暗說。

門開了又關上。她聽見腳步聲。這個細節足以讓她認出她神秘的沉默王子，那個從來沒碰過她的男人。但這次，他跨出了不止六步，而且直接來到床邊。他仍然沒找到觸摸她的勇氣，但珊卓拉有種全新的感覺。這種事從來沒發生過：她感覺到害怕。於是她打破加諸在自己身上的規則，說：

「你有危險。」

因為，不知如何地，她一直知道這個沉默的訪客是誰。

「妳也是。」馬庫斯低聲告訴她。

2

兩人都有些困窘。

儘管如此，他們任誰都沒說出自己希望在這裡找到對方。珊卓拉趁黑穿上衣服。

「我本來就希望你會來。」

由於缺乏對於人際關係的認識，馬庫斯不知該怎麼解讀珊卓拉口中的「希望」。她是為他擔心，還是想見到他？

「我們要盡快離開。」她說：「我想，有人跟蹤我。」

「誰？」

「以最好的假設來說，是一個討厭的警察。你來這裡時，有沒有注意到什麼奇怪的人？」

「形容看看。」

「體型瘦高，鷹鉤鼻。今天早上他穿著淺灰色西裝，棕色平底軟鞋，打了藍色的領帶。但是他可能換了衣服。」

「沒有，我沒看到他。」

「他叫做維塔利，是個危險的人。」

無論珊卓拉或馬庫斯都沒有提及他們所處的特殊狀況。才不久前，珊卓拉彷彿沒有裸著身子躺在床上。同樣地，她沒問他怎麼會知道她在旅館裡；他沒說自己來過好幾次。這個局面，讓兩個人都很尷尬。

「妳確定維塔利跟蹤妳？」

「他安排了兩名警員跟著我。後來他們不見了。」她邊穿絲襪邊說：「但我相信他自己接手跟蹤。」

「城裡現在到處都有事，他可能臨時改變行程。」

「我不覺得。目前我就是他的計畫。依我看，他不是那種會輕易放棄的人。他的工作範疇非常特殊：儀式犯罪。」

馬庫斯記下這個資訊。

「這個維塔利在調查什麼？」

珊卓拉點亮放在床頭桌上的蠟燭。這下子，兩個人終於四目相對了。珊卓拉感覺到一股特殊的情緒，她相信他對她也一樣。

「他調查的是你。」她一手伸進床墊下掏出自己的槍，檢查保險和彈匣。

「妳不會對警察開槍吧？」

「我不知道該怎麼想。來飯店的路上，我看到柯爾索大道上方有煙。我沒辦法相信任何人。」

馬庫斯打個手勢要她噤聲。他聽到走廊上傳來微弱的聲響。他本能地吹熄蠟燭。聲音再次出現，聽起來像是有人踩在拼木地板的腳步聲。

飯店走廊上放著裝電池的燈，方便客人走動。門下的縫隙透出昏黃的微光。馬庫斯和珊卓拉緊盯著門縫看，等待恐懼平息。他們看到鞋影緩緩從他們房口經過。但隨後，鞋影又回頭停了下來。

門外有人。

他們一動也不動。

「第二把鑰匙，」珊卓拉低聲問：「你放在哪裡？」

「我沒用鑰匙進來。」他承認。

「天哪。」她忍不住輕呼。

她知道，門外的人隨時會開門。他們沒地方跑。但現在什麼都沒發生，還沒有。影子仍然沒有移動，彷彿在等待。

「他為什麼不進來？」

「我不知道。」

「窗戶。」她說。她覺得他們可能有時間逃脫。「窗外有防火梯，我們可以從那裡出去。」

「不行。」

馬庫斯堅決的語氣讓她嚇了一跳。

「為什麼不行？」

馬庫斯仍然緊盯著門。

「我們從那裡出去。」

她還來不及說話，他就拉住她的手。她連忙撈起皮包和高跟鞋跟上去，完全不知道他打算怎麼做。

馬庫斯一把拉開門，跨過維塔利脫在門口，用來欺騙他們的鞋子。

他們匆匆穿過走廊，因為威脅可能藏在任何一間房間裡。他們聽到身後有玻璃碎裂的聲音。

他從窗戶進來了，珊卓拉想，他在防火梯上等著我們。馬庫斯加快腳步。她意識到他們無處可躲，而在外頭無人的街道上，維塔利要找到他們是輕而易舉的事。

「我們要去哪裡？」她問道。

「到安全的地方。相信我。」他聽出她聲音中的恐懼，開口安撫她。

維塔利發現房間裡沒人，不禁出口咒罵。把鞋子留在門口的把戲沒騙倒他們。不過他也沒別的選擇。珊卓拉．維加可能攜帶著武器，他一點也不想當靶子。那個小賤人比他想像的更狡猾。

她不是下一個受害者，他心想，她牽涉在其中。說不定，她也是月蝕教派的成員。

維塔利縱身一跳越過破掉的窗玻璃免得割傷赤腳，急急跑向大開的房門。來到門口，他舉起手槍看著外頭。他看到珊卓拉跑著離開的背影，有個男人牽著她的手。那人是誰？他原想開槍，又忍了下來。維塔利穿上他的平底軟鞋，開始追逐兩名逃犯。

他們領先了一段距離，但他追得上。這時，他差點撞上另一對男女。為了避開，他絆了一下，幾乎要摔倒，伸手扶著牆壁才維持了平衡。接著他又開始跑。當他在走廊上左轉後，珊卓拉·維加和男人已經不見人影。

媽的。眼前有兩排門。他們可能走進其中任何一間房間。媽的。

他幾次深呼吸，讓自己鎮定下來。接著，他把手槍收回槍套裡。這場追逐變難了。他回到珊卓拉的房間，希望能找出一點線索。他打開手電筒。拿著這東西讓他覺得自己像個白痴。電器時代之前的警察是怎麼辦案的？一定很辛苦。今天，他們有科學鑑識小組，有DNA資料庫，有電腦可以比對成千上萬件線索。和長足的進步相比，拿著一支手電筒調查顯得微不足道。才幾個小時以前，維塔利還認為一切理所當然。但現在，所有的科學方法都派不上用場。沒有人用得上。

就在這一刻，他看到了一個痕跡。如果他有能夠檢驗的科技裝備就太好了。但儘管如此，他仍然很滿意。

床罩上有一滴新落下的紅色痕跡。血跡。太好了。和珊卓拉·維加在一起的男人，很可能就是那個流鼻血的傢伙。

3

這些在必要時刻——例如身處危險或想低調一陣子時——提供安全庇護的處所稱為「接力賽小屋」。

羅馬有不少這樣的處所，但馬庫斯只知道其中幾處。這是聖赦神父團光輝的歷史。後來聖赦神父團正式解散，而馬庫斯到了在布拉格失憶之後，才發現幾處這樣的庇護所，其中許多已經廢棄。

然而，在部分庇護所裡，仍然找得到線路安全的類比式電話、可供上網的電腦、罐頭食物，以及不必找醫師的情況下，能自行處理傷口的急救箱。當然了，庇護所裡還備有乾淨的衣服和舒適的床。

過去，馬庫斯使用過舊總督府街的庇護所。當時他確定有人跟蹤他，所以在那裡住了將近一個月。保守秘密，不能洩漏身分，是聖赦神父的第一要務。另一次，他因為受了刀傷，到同一個庇護所去縫合傷口。

這幢老建築隸屬教會在梵蒂岡牆外的諸多財產。馬庫斯點亮手電筒帶路。他們利用昏暗的天色來到這裡。和珊卓拉一起走在羅馬的街道上是個奇特的經驗。也許，黑暗才是最適合他倆的特性。

稍早暫歇的暴雨又開始下了，兩個人都被大雨淋濕。馬庫斯用手電筒照著珊卓拉，發現她在發抖。

「我來起個火。」

珊卓拉獨自留在廳裡，她放下皮包，雙手環抱膝蓋，坐在熄滅的壁爐前面。她伸手拂過椅子的扶手，摸到一層灰塵。這公寓閒置多久了？馬庫斯拿著一捆木柴和紙走進來，把東西放進壁爐，沒多久，火光便照亮了公寓。珊卓拉俯身靠向爐邊，伸手取暖。馬庫斯坐在地上。這時，珊卓拉才發現他嘴唇上有乾掉的血跡。她伸手想指，但馬庫斯往後退。

「抱歉。」她說：「你還是有流鼻血的毛病。」

「有時候還是會。」馬庫斯回答，連忙用手背抹去血痕。「妳餓了嗎？」

「餓了。」珊卓拉承認。

「我們只有幾罐鮪魚罐頭可以填肚子，但至少這個地方很安全。」

「這就夠了。」

「現在大概幾點？」

珊卓拉看著手錶，快六點了。

「天哪，外頭已經像入夜一樣暗。」

「從前，在羅馬，修士確保散布在城市裡的各聚會所都必須備有充裕的蠟燭和油燈用的油料。大家稱他們為『光明會』。他們這麼做，不純然是為了宗教。他們發現有了火焰的光照，犯罪事件會減少，人們覺得比較安全，而宵小也不能藉著黑暗行事。公共照明的想法就是這樣產生的。」

「這我就不曉得了。」珊卓拉承認。「這個故事很美。」

聽著他說話，她覺得很快樂。她可以在讓她越來越暖和的爐火前聽他連說幾小時。

兩人沉默了太久，一再掠過對方的眼神再也無法閃避。

馬庫斯打破了魔咒。

「我去幫妳找乾衣服。」

在他走遠前，珊卓拉拉住他的手。

「我們必須談一談。」

「我知道。」他雙眼盯著地板回答。

他找出一箱衣服，裡頭除了一件深色的厚帽T之外，沒有其他適合珊卓拉的衣服。馬庫斯本來想找找是否有鞋子，來取代他的白色帆布鞋，可惜沒找到。

他帶著厚帽T和一條毯子回到外廳，同時還拿了幾罐鮪魚罐頭、幾包餅乾和兩小瓶礦泉水。

珊卓拉在爐火邊安排了一場野餐。他們沉默地吃著簡單但令人滿足的一餐。

馬庫斯先開啟話題。他從故事的結尾開始說：「我發現了一張寫著妳名字的紙條。紙條壓在一個人稱『玩具工藝師』的屍體下面。」

「誰寫的？」

「我。」

珊卓拉非常震驚。

馬庫斯這才開始敘述他在圖里亞諾監獄的遭遇，包括他如何逃脫餓死的折磨，以及和大天使米迦勒垂飾一起找到的紙條：找出托比亞·佛瑞。

「你怎麼會在圖里亞諾？」

「問題就在這裡，我完全不記得了。有可能是我在追蹤線索時低估了危險性。」

「短暫失憶。」

「如果我記得我在追什麼案子，現在一切就簡單多了。」

「你知道托比亞·佛瑞是誰了嗎？」

「知道了，但是我等一下再跟妳解釋。」

他決定違背對巴蒂斯塔·艾里阿加以及聖赦神父身分必須保密的諾言，把以遠端遙控殺害阿圖拉·葛達主教的「愉悅項圈」、和他腳上一樣的白色帆布鞋、活生生遭綠頭蒼蠅吞噬的「玩具工藝師」的事告訴她。到了最後，他才說到擬真人偶。

「依照九年前在競技場附近失蹤孩子打造的擬真人偶。我們對那孩子的下落和遭遇一無所知。他的名字是托比亞·佛瑞。葛達主教有一份失蹤報導的舊剪報。」

馬庫斯只省略了寇尼尤斯·凡·布倫的部分。有個連環殺人犯被監禁在梵蒂岡的高牆內，是他不能透露的秘密。他也沒說出利奧十世詔書和兩名受害者身上藍色圈環刺青之間的可能關聯性。

「白色帆布球鞋、從神秘筆記簿撕下的紙、兇手折磨被害者的技巧，和一個九年前失蹤的小孩。」珊卓拉重述一次，確定自己清處理解了馬庫斯的說明。「我們手上的資訊不少。」

「我們？」馬庫斯說：「我不打算讓妳牽涉進來。」

「你忘了嗎，你把我的名字寫在紙上。而且，無論殺人兇手是誰，他都已經安排好了。那混蛋把我的照片放在手機的記憶體裡。」

「妳說什麼？」

「昨天晚上……」珊卓拉開口後又突然停下來。「喔，天哪，那像是一輩子……總之，昨晚一名計程車司機在車後座撿到一支手機。手機裡有一張我的照片，但同時有一段自行錄下的影片，錄製影片的兇手讓一個毒蟲喝下含氫氧化鈉的液體。這有沒有讓你聯想到什麼？」

馬庫斯立刻想到虐待、折磨。

「兇手讓受害者吞下一片黑色聖餅，後者開始說起古老的亞蘭語，提起某個『幽影之主』，」珊卓拉接著說：「受害者的前臂有一處特殊的刺青。」

「一個藍色圈環。」馬庫斯忍不住先說了出來。

「你在你的受害者身上也看到同樣的刺青，對不對？」

馬庫斯察覺到她對他的隱瞞感覺失望。

「妳不會瞭解的。」他試著為自己解釋。

「不瞭解什麼？教宗利奧十世的故事嗎？還是月蝕教派成員趁月亮被遮住時舉行奇特的儀式？」

珊卓拉知道的顯然比他多。

「妳怎麼發現這些事的？」

「我一個警司朋友私下告訴我的。」她說。她心想，她會永遠感激試圖保護她的克里斯匹。「他還告訴我，維塔利一直在找這些異端犯罪的答案，這對他而言是某種執念。」

馬庫斯不知該說什麼才好。

「剛才在旅館裡，妳為什麼說我有危險？」

「因為計程車裡那支該死的手機裡除了那段影片和我的照片之外，上頭還有你的血。你的鼻血。」

馬庫斯拿起一瓶水，站了起來。他在廳裡踱步。火焰的影子彷彿跟著他，不敬地在他雙腿間跳動。

「有人想陷我們於絕境。」過了一會兒，他這麼說。

「誰？」

「殺害妳的毒蟲，誘殺了主教和『玩具工藝師』的人。」

「而且他還試圖讓你在圖里亞諾送命。」珊卓拉提醒他。

「我猜，他應該是在打昏我之後取了我的血滴在手機上，當作他的保障，這等於留了線索讓警察來找我，而不是去追蹤他。」

「一定是這樣。」珊卓拉仔細聽完馬庫斯的話。「這件事背後一定有人操作。」

「我想也是，從一開始我就確定了。我不知道他的目的何在，不過他刻意殺害月蝕教派的三名成員。我雖然不懂為什麼，但我越來越相信他留了機會讓我活下來，否則他為什麼讓我吞下手銬的鑰匙？他需要我，讓維塔利搞錯對象。」

這個理論很有可信度。

「計程車上那支手機的目的就在這裡。說不定，維塔利在追的案子，就是你因為失憶而不記得的案子。你追的可能就是他。兇手這麼做，可以一石二鳥，同時擺脫你們兩人。他藉這個機會讓維塔利搞錯偵察方向，而且讓你成了獵物。」

「然後他讓妳涉入這個案子，好讓警方循線找到我。」

珊卓拉臉色一沉。現在，一切都清楚了。她想起維塔利在他們第一次見面時對他的形容：「我們面對的是首次犯罪的罪犯，和我們以往認識的完全不同。他更變態、更危險。」更變態、更危險，珊卓拉在心裡重複這兩個形容詞。隨後，她又告訴馬庫斯：「他有個任務有待完成，而且他不願意放手。」

「是的，但問題是什麼任務？」

珊卓拉拿起皮包翻找裡面的東西。

「我們這樣做吧，把所有已知的部分寫下來，然後一一分析。」

「寫下資訊不是謹慎的做法。」

「別荒謬了。」她好笑地看著他，說：「今晚外面發生了那麼多事，我們有必要擔心自己寫下某個冷血殺手的筆記嗎？」

馬庫斯雖然覺得這麼做不怎麼聰明，還是退讓了。

珊卓拉找出一張紙和一支筆，開始總結。

「三名受害者：主教、『玩具工藝師』和一個身分不明的毒蟲。」

接著她寫下現有的線索。

犯罪手法：古早使用的折磨刑罰。白色帆布鞋（馬庫斯和葛達主教）。黑色聖餅（毒蟲）。

藍色圈環刺青：月蝕教派。無辜者的獻祭。

停電：利奧十世。

神秘筆記簿。

托比亞・佛瑞。

寫完後，她把清單遞給馬庫斯，讓他檢查是否有疏漏。

「我的失憶。」他立刻指出來。

「我認為失憶是意外。我想，那不在兇手的計畫之內，他不可能引發你的失憶。即使你忘了自己今天早上之前在追蹤什麼線索是他運氣好也一樣。」

「我還是希望妳加上去。我不知道我為什麼寫下妳和那失蹤孩子的名字。這不是我做事的方法。」

「這是個違常之處。」珊卓拉同意。

她清楚記得馬庫斯的做事方法，因為她過去曾經看過他辦事的過程，而且心有所感。她在清單最下面加上：

意外事件：馬庫斯短暫失憶。

「好了，我們從哪裡開始？」接著，她問道。

「孩子。」馬庫斯回答：「我們只知道孩子失蹤。我們必須瞭解這和月蝕教派有什麼關係。」

找到托比亞・佛瑞

「這是一件懸案，所以不好入手。所有線索應該都不見了，證詞會受錯誤的記憶左右。」

「話雖如此，但當時警方尋求協助，請所有孩子失蹤當時在競技場附近的人將影片和照片寄到警察局。」馬庫斯詳細說出他在舊報紙上讀到的報導。「競技場是觀光勝地，時間是春天的某個下午，調查人員希望透過路人和觀光客隨機拍下的影片和照片來重建孩子的遭遇。」

珊卓拉想一會兒。

「這可能不容易，但是我應該知道從哪裡開始找。這類案子有特別的檔案資料……但現在羅馬街上亂成一團，我們要怎麼去檔案室？」

馬庫斯知道。

4

珊卓拉．維加厭惡老鼠。

從小到大，老鼠一直是她的惡夢。在家鄉米蘭，她曾經看過一隻碩大的老鼠在大白天攻擊一隻可憐的鴿子，最後還把鴿子吃掉。她清楚記得那一幕。因此，在她和馬庫斯走在羅馬的地下道前往目的地時，她隨時保持警戒，深怕突然有老鼠冒出來。

羅馬的地下層是個錯綜複雜的大迷宮，交錯著各種管線、疏散地道，以及寶貴的歷史遺跡，例如地下墓穴、殘餘的古蹟甚至是墓園。珊卓拉認為羅馬應該是一個受到嚴格保存的巨型博物館，不受到現代干擾的污染。她覺得，這個博物館裡住著上千萬人簡直就是荒謬。

馬庫斯輕鬆自若地在地下道走動。他經常藉地道來回不同的目的地，免得受打擾。他甚至可以關掉手電筒，在黑暗中前進。走著走著，他們來到一處大廳。馬庫斯舉起手電筒讓珊卓拉看拱頂精采絕倫的濕壁畫。

「這是哪裡？」她問道，著迷地看著描繪美酒盛宴的濕壁畫。

「從前的貴族別墅。」他解釋，接著指著確切的位置告訴她：「看到那對男女嗎？他們是這幢別墅的主人。」

濕壁畫描繪一對年輕的新人在果園裡為賓客摘水果。

「沒有人知道他們的名字。」馬庫斯說：「然而，過了幾千年，他們仍然對我們微笑，讓我們知道他們有多幸福。」

馬庫斯的解釋有著神奇的意味。珊卓拉忍不住拿他們——她自己和馬庫斯——與那對新人相比。她和馬庫斯從未幸福地在一起。也許，那不是他們的宿命。他們幾次相遇，都是在壞事發生的時候。

「該走了。」馬庫斯催促她，垂下手電筒；拱頂的濕壁畫和新人賓客的臉孔又沉入黑暗當中。

他們繼續前進，直到一堵牆擋住去路。

「現在怎麼辦？」珊卓拉問道。

「現在，我們爬上去。」

他們爬上一道金屬梯子，從聖維它列路爬上地面，離警察總局只有十來公尺遠。警局車庫裡的警車全鳴著警笛來來去去。珊卓拉拉著馬庫斯的外套，兩個人躲在角落裡。一待面前的道路淨空，她便戴上帽兜，帶著馬庫斯穿過馬路到對面的建築：警方科學鑑識部門的檔案中心。她雖然已經申請調職，不再擔任鑑識攝影人員，但珊卓拉仍然留著鑰匙。她心中默禱，希望他們在這段期間沒有替換門鎖。看到鑰匙順利轉動，她鬆了一口氣。

整棟建築空無一人，在這個混亂的特別夜晚，沒有人會浪費時間來翻閱檔案。

「我們要找的檔案在樓下。」珊卓拉說。

也就是存放懸案檔案的地方。

潮濕的地下室放著像迷宮似的高架子。警員間流傳著駭人聽聞的故事：在這裡，大家會聽到懸案受害者高喊著兇手的名字。珊卓拉沒費心檢查警局發電機的電力是否也供輸到檔案室來，因為，即使在地下室，最好也不要開燈。

她用手電筒檢視檔案架上的資料，馬庫斯站在後面看。

「一直沒有人找到托比亞．佛瑞，他的檔案一定在這裡。」她邊說邊動手找。

「找到了。」珊卓拉說。

托比亞．佛瑞的檔案資料一共有八箱。珊卓拉搬下一箱，拿到閱覽桌上。箱子上標示著箱裡物品的清單。報告、證詞和上百個檔案全部保存在老舊的DVD裡。

「妨礙調查最有效的方法，就是把案子埋在整堆的文件下。」她難過地說。

箱子裡也有照片，由觀光客或路人拍下的上千張不朽影像。

珊卓拉在馬庫斯眼前打開檔案，找出一張案情概要。

「上面只說托比亞．佛瑞憑空消失，再也沒有出現等等廢話。沒有蹤跡，沒有線索，九年來完全空白。」

這似乎是不可能的事。何況失蹤案發生在人來人往的地方。

「競技場周圍至少也有上千人，而且還是個五月底的下午時間。怎麼可能沒有人看見？」

警方動員了十多名警員檢視民眾自主寄到警局的照片和影片，但沒找出任何線索。

在這些照片和影片中，托比亞一直和他母親在一起。這位年輕的母親只有二十六歲，名叫瑪蒂德。

馬庫斯沒說話，他很困惑。而珊卓拉則需要表達自己的沮喪。

「就算裡頭有線索，我們也永遠找不到。我們得花好幾個月，甚至好幾年時間。」

珊卓拉翻閱檔案，帶起的風讓一張紙滑到地上。她彎腰去撿。這張從筆記簿撕下來的紙上寫了幾個數字：二八四四・三九一〇・四四五五。

短短幾個小時裡，這是馬庫斯第三次認出自己的筆跡。他抬頭四處張望。我來過這裡了。但是他不記得。

「怎麼可能？」珊卓拉難以相信。「你怎麼可能進得來？」

「我不知道。」他挫敗地承認。「但我確定這些數字是我寫的。」

「那麼依你看，這些數字有什麼意義？」

失憶的惡夢又回頭折磨他了，但是他不能因此分心，至少現在不行。

「好，我們想一想。違常之處。我留下紙條是為了傳遞訊息，所以，如果我的目的是溝通，答案應該不難找到。」

「那些照片。」珊卓拉說。「我只想得到這點，這個數字應該是檔案裡的照片數量。」

他們搬下架上的所有箱子，一個個檢查。每張照片背面都有一個號碼。他們找到相對應的三張照片，把照片並排在一起。第一張照片上是個穿著桃紅色短褲搭背心、頭戴黃色透明帽緣棒球帽的中年女人。她對著鏡頭露出笑容，旁邊站著一個打扮成羅馬時代百夫長的女人。照片的背景是君士坦丁凱旋門和一小群遊客。珊卓拉和馬庫斯在這些人當中尋找頭戴繡羅馬足球俱樂部棒球帽的小男孩，但托比亞並不在照片裡。這次，是珊卓拉發現了違常之處。那群遊客間，有個男人獨自走著。

「我看過他。」她指著照片上的男人告訴馬庫斯。

「妳認識他？」

不認識他本人，她本來想這麼說。

「他是我在手機影片裡看到的、那個遭人殺害的毒蟲。」

遭人處決才是更恰當的說法。

「過了這麼多年，光靠這張照片，妳能確定是他？」

黑色聖餅。那幾句亞蘭語。幽影之主。當然了，照片上的男人比較年輕，還沒被自己的毒癮折磨得那麼憔悴，但珊卓拉絲毫沒有懷疑。

「是他沒錯。」她確認。

第二張照片是團體照。來羅馬朝聖的旅客剛走出競技場，顯然對行程中排入的這個景點很滿意。同一個男人在照片上背對鏡頭，站在紀念品店旁邊。

看到第三張照片，他們完全說不出話來。除了競技場的全景之外，照片還拍到了地鐵站，更特別的是公廁也入了鏡。那男人站在公廁前面。

他手上抱著一個小女孩。

「這是……」

珊卓拉不懂。

馬庫斯雖然看明白了，但他寧願自己看不懂。

「他把孩子擄走，然後帶到廁所幫他換了衣服。」他說，手指輕撫著照片上的白色小洋裝。

珊卓拉看見了這個溫柔的手勢。這手勢強調了要讓托比亞失蹤有多麼容易。長久以來，大家一直在這些照片裡尋找小男孩的蹤影。他們全弄錯了。要分辨一個三歲小孩的性別並不簡單。警方——甚至是那個春天午後所有在現場的人都被自己的習慣所欺騙。經驗告訴他們，一個穿女童服裝的小孩就是女孩。

「月蝕教派擄走了托比亞……但是目的何在？」珊卓拉問道。

「該問的，或許是為什麼是托比亞。」

他們都害怕知道答案。

「這話怎麼說？」

「那天在競技場附近有多少個小孩？綁架犯難道是隨機行事？」

「他趁托比亞母親的一時疏忽，選擇了沒有人看顧的獵物。」

「我們要如何確定事情的經過真是如此？」

「仔細想想，那個地點是綁架的上選之地，要讓一個小孩失蹤，還有比人群聚集場所更理想的地點嗎？」

這個論點沒能說服馬庫斯。

「同樣的道理，綁架失敗的風險也一樣高。為什麼不在監視器或旁觀者少一點的地方犯案？」

「你想說的，是你覺得這太過於碰巧？」

「我不知道，但綁架者也可能另有目的。說不定托比亞・佛瑞不是一般小孩。也許他對他們而言有某種重要性。」

「那下一步要怎麼做？」

「找出原因。」

5

黎明前十一小時又二十三分鐘

手機店的金髮小美人叫做凱特琳娜，她很害怕。

蟑螂魯佛在滂沱大雨中看著她，在她臉上看出了恐懼。他站在年輕女孩的陽台上。稍早，他用放在背包裡的登山用具爬上了六樓。透過窗玻璃可以清楚看到他，但凱特琳娜還沒有轉頭看向他所在的位置。她的小腦袋告訴她，危險會來自別的方向。她坐在地上，背抵著牆，雙眼緊盯門口。她手上的手電筒沒開，身邊放了一圈點亮的蠟燭。她用被子和她所需要的一切替自己布置了一個小窩，以度過漫長無眠的夜晚，其中包括一本她不會打開的書，幾瓶她不會喝到的小瓶裝水，和一包她嚐不到的巧克力餅乾。此外，她身邊還放了一把亮晃晃的菜刀。

妳獨自一個人，可憐的小凱特。對妳這種小美女來說，孤獨是懲罰。因為妳瞧不起別人，所以妳身邊沒有能保護妳的男朋友。

蟑螂魯佛調整頭盔上的GoPro相機。好戲要上場了。

當玻璃碎成上千片時，凱特琳娜的時間只夠她回頭、震驚，沒辦法做其他反應。她沒有時間抓起菜刀或尖叫。她不夠聰明，不瞭解敲破她窗玻璃的陌生人就是她下意識裡等到現在才出現的危險。魯佛有足夠的時間來到她面前，面對面地嚇她一跳。沒錯，那個聽她介紹過一次手機的靦腆瘦弱年輕人既強壯又有決心。魯佛沒有蒙面，他確定她永遠不會聯想到自己在幾個月前曾經見過他，因為她和其他人一樣，立刻就忘了他。

她昏了過去。他拉住她的雙腿，讓她躺下。接著他卸下繫在腰帶上的刀——他這把刀是永遠不會背叛他的朋友——割破她那身荒謬的鵝絨睡衣。睡衣的胸口一敞開，一對豐滿堅實的粉嫩乳房便露了出來。看到這一幕，魯佛簡直陷入狂喜。他俯下身去聞，期待聞到溫暖甜美的香味——可惜錄影機沒辦法錄下味道。魯佛閉上雙眼深呼吸。接著他伸出一隻手去摸她的雙腿之間，發現她下體一片濕。她失禁了，他心想。太好了，這讓他更容易進入她體內。多可愛啊，可見他真的嚇到了她。他已經開始興奮了。下腹的一陣劇痛害他回想起幾個鐘頭前和那「掃興傢伙」的相遇。他暗暗詛咒他。稍早，他回到車庫後拿冰塊冰敷過睪丸，看來一切運作都正常。他脫下長褲和內褲，低下頭，方便讓GoPro錄下當之無愧的前景。隨後，他一手脫下金髮小美人的睡褲和粉紅色內褲，把生殖器放在她金色的陰毛上，緊接著——這是今天第二次了——有人緊緊捏住他的睪丸。

「人渣。」行刑者在他耳邊低聲說，扭得魯佛扯著喉嚨發出刺耳的尖叫。

蟑螂魯佛失去了思考力。他不明白出了什麼狀況。有人謀害他的睪丸，還用力扯下他頭上的相機。但這時，行刑者喊了他的名字。

「魯佛，我的朋友。」他說。

魯佛不確定自己是否認識這個人。他唯一知道的是，這人不是那個「掃興的傢伙」。他沒見過這個男人，而且，從對方的語氣和手勁來判斷，這回他死劫難逃。他在腦海裡列出清單，搜尋可能想傷害他的人。是我媽派來的，他敢打包票。但是他神智不清了。陌生人動作出奇細膩地將他拉起來，讓他靠在牆上。魯佛死抱住胯下。他瞇起雙眼，透過滿眶淚水看到這個穿著米褐色雨衣的男人正在調整自己的藍色領帶。雨衣裡是一套淺灰色西裝，腳下踩著醜陋的栗色平底軟鞋。

「你想幹什麼？我們認識嗎？」魯佛用僅存的一口氣問道。

「我們不算認識。」維塔利承認。「其實我才剛知道有你這號人物。也許我們應該從自我介紹開始，是吧？」

他一腳踢向魯佛的肚子。魯佛痛得彎下腰。

「你是警察。」他這下子確定了。「只有你們才會這樣修理人。」

「你滿機伶的嘛，魯佛。我很驚訝，我沒想到你是個聰明人。」

「你怎麼找到我的？」魯佛沙啞地問。

「我參觀了你的車庫，很榮幸欣賞了你的小小活動。恭喜你啊……但下次作案前，別留下線索。」

魯佛什麼都可以忍耐，就是受不了指責。這會讓他管不住自己。

「你想要我怎麼樣？要錢嗎？我存了不少。等到明天早上，你要多少有多少。」

維塔利搖搖頭。

「我看起來像是會收賄的人嗎？」

「我不知道，這得由你來告訴我。」

魯佛打起了冷顫。

「我只是需要你幫忙，魯佛。」

維塔利警探跪了下來，方便自己把蟑螂魯佛看個清楚。

「前陣子，你因為脊椎裂傷和骨盆壓傷，在醫院裡住了兩個月。你笨到報警，我就是這樣找到你的。」

是啊，他說得沒錯，他真是白痴才去報警，但是他太憤怒，想找出把他害得那麼慘的人復仇。

「你聲稱自己受到搶匪攻擊。你當時對搶匪的形容，是對方大約四十來歲，眼睛和頭髮都是黑色，左側太陽穴有道傷疤。正確嗎？」

魯佛點頭。

「然後你又補充了讓我感興趣的細節。你說，在某個時間點上，明明你沒碰他，但搶匪開始流鼻血。」

他要找的不是我，是那個掃與的傢伙，魯佛心想。他可能有機會脫身。

「現在，看到你的活動類型，我在想，也許搶案的故事只是個無傷大雅的小謊，你之所以報案，是因為想要報復打傷你的人。」

魯佛搖頭。

「我不認識他。」魯佛強迫自己露出微笑。「但是你運氣好，他今天來找過我。」

他注意到條子的眼睛亮了。賓果，只要把手上的牌打好，他一定可以全身而退。

「他要我帶他去住在帕里奧利區的一個傢伙家裡，我們叫那傢伙『玩具工藝師』。」

「然後呢，發生了什麼事？」

「什麼都沒有。『玩具工藝師』不在家。但是我們在一個房間裡看到詭異的東西……一個人偶，一個九年前失蹤孩童的真人大小複製品。我連那小鬼叫什麼名字都知道，因為我小時候經常在報紙和電視上看到他。」

「是誰？」

「托比亞。但是我不記得他姓什麼。」

沒關係，維塔利心想，要找出他的姓氏易如反掌。這時，金髮小美人醒了過來。

「我是警察！」維塔利掏出警徽。「安靜。」

她安靜下來，蜷著身子縮到角落。維塔利的注意力回到魯佛身上。

「喬凡尼．魯佛列第……我很好奇，為什麼你要別人喊你魯佛？」

「因為魯佛聽起來比較酷。」

「有道理，我早該想到的。抱歉了。」

維塔利站起來，拿出外套底下的手槍，朝蟑螂魯佛的右膝蓋開了一槍。

魯佛的尖叫比槍聲還響亮。女孩嚇得捂住耳朵。

房間裡唯一鎮定的人，是維塔利。

「流鼻血男人的名字。」他命令魯佛說出來。

「我不知道。」魯佛哭著說：「我都叫他『掃興的傢伙』。」

第二顆子彈擊中魯佛的左膝蓋。尖叫聲再起。

「他的名字！」維塔利又說了一次。

沒等魯佛回答，他接著開了第三槍，這次遭殃的是魯佛的大腿。

這時魯佛不再說話，他絕望了。他臉上彷佛戴上了一層由眼淚鼻涕交織而成的面具。

「我把遊戲規則告訴你。」維塔利說：「只要你不說出我想要的答案，我就繼續開槍。如果你在說出來之前先死了，就表示你真的不知道。」

他繼續開槍。一槍、兩槍、三槍，維塔利連事先瞄準都沒有，隨機扣扳機。魯佛像個布娃娃似地跳動。維塔利玩夠了之後，他好心地對準魯佛的前額給了致命的一擊。魯佛的雙手垂到了身邊，雙眼仍然大睜，軟癱的生殖器掉在長褲外面。

維塔利轉身面對金髮小美人。

「還好嗎？」

她的情緒仍然激動，於是爬向他，抱住他的雙腿尋求庇護。她在發抖。接著，她抬起頭看著維塔利。

「謝謝。」她感激地說：「您救了我一命。」

維塔利把手槍收回槍套裡，輕撫她的頭。

「不客氣，小寶貝。不客氣。」

接著他把手放到褲襠，拉下拉鍊。

6

當他們到埃斯奎利諾區去敲門時，並沒有想到瑪蒂德．佛瑞會幫兩個陌生人開門。然而她確實拉開了門。

「我們是警察。」珊卓拉說，希望自己的警徽足以讓瑪蒂德放心。

她伸長手，讓瑪蒂德手上蠟燭的火光照亮警徽。

馬庫斯站在後方，半隱身在樓梯平台的陰影中。

「你們想做什麼？」瑪蒂德沒有懷疑。

她對人一向直率。

「我們想談談托比亞的事。」

瑪蒂德彷彿就在等這句話。

「請進。」她邊說邊邀他們進到屋裡。

瑪蒂德領著他們穿過狹窄的長走廊。沒有暖氣的公寓裡很冷。這處公寓小而整齊，但室內瀰漫著濃濃的尼古丁味。瑪蒂德將他們帶進廚房。馬庫斯注意到她沒有因為停電而採取特別的防範措施。她沒有防備，如果外人入侵，她沒有武器或類似的工具足以自保。她沒有準備手電筒，帶路時用的是剛點亮的蠟燭。在他們來訪之前，他相信她置身於黑暗當中。廚房的桌邊有張拉開的椅子，桌子上擺著兩盒駱駝牌香菸、一只菸灰缸和一個打火機。瑪蒂德沒有動，她抽了一整天的菸。

「我很樂意為你們煮點咖啡，但廚具現在不能用。」

珊卓拉這才想起來，家用瓦斯也暫時停止供應，可能是為了避免引起沒有人能撲滅的火災。

「沒問題，您別操心。」

瑪蒂德．佛瑞坐在慣坐的位子上，沒有開口詢問客人是否介意，便自行點了不知第幾根菸。

「我們不會打擾太久。」珊卓拉說：「問完幾個問題就會離開。」

馬庫斯一直沒有開口，他們說好由珊卓拉負責說話。

「我連自己為什麼請你們進來都不知道。」瑪蒂德緊張地笑著說：「像這樣的夜晚，大家都不該獨自一人，你們說是吧？」

馬庫斯注意到，瑪蒂德冷靜的外表下其實藏著焦慮。她無疑好奇他們來訪的原因，只是沒有勇氣開口問。

「我曉得這會很難受。」珊卓拉說：「但是我們想請您重建九年前五月那個下午的情況。」

瑪蒂德深吸了一口菸，接著緩緩吐出煙霧。

「如果我拒絕呢？」

她在虛張聲勢，馬庫斯很確定，否則為什麼沒有立刻請他們離開？這個女人想讓人求她，因為那場悲劇是她唯一擁有的價值。他走進公寓，看到四周之後便瞭解了：瑪蒂德和外面的世界不再有任何關聯。

「請您告訴我們。」於是，馬庫斯這麼說。

瑪蒂德咳了兩聲。

「托比亞想去競技場玩，他喜歡穿成格鬥士的人。」提起兒子，瑪蒂德仍然以現在式敘述。「我們錢不多。我有古典文學與哲學的碩士學位，所以偶爾教教拉丁文，但是我還是會幫人打掃，好維持基本家計。如果托比亞討著要不太貴的東西，我一秒也不會猶豫。比方說搭地鐵，吃冰淇淋——這類簡單的願望很容易達成，對吧？幾天前，我才剛買了一頂繡著羅馬足球俱樂部的棒球帽。我在市場買來的，五歐元一頂。我還記得他拿到帽子時的表情。他簡直不相信自己的眼睛。事實上，他一直不肯讓那頂帽子離開身邊。」她露出哀傷的微笑。「那天下午我們去散步，他指東指西拚命問為什麼。『媽媽，那裡為什麼有一座拱門？為什麼格鬥士的頭盔上有刷子？』你們懂吧？三歲小孩都會經過那個階段。」她問道，又抽了一口菸。「那天的天氣很好，陽光燦爛。我清楚記得事情發生的經過。我放開他的手，才一下子而已，回頭時他已經不見了。」

珊卓拉感覺到瑪蒂德不知該怎麼繼續說。

「我到處找，心想他大概走遠了。但是我又不想讓他看不到我。我攔下路人問他們有沒有看到一個頭戴繡羅馬足球俱樂部棒球帽的小男孩，他們搖頭走開的樣子，像是不想捲入我的惡夢。後來我開始大聲喊托比亞的名字，才終於引起旁人的注意。我向路過的巡邏員警求助。有人說我太晚通知警方。他們說的可能沒錯，因為我也不知道自己花了多少時間。我只知道我兒子不見了。」

她抽了最後一口菸，在菸灰缸裡熄掉菸蒂。

「事情的經過就是這樣。有人會想像有什麼誇張的情節，實際上很單純。」

瑪蒂德直視著眼前某個定點。馬庫斯發現她望向門口，注意到牆上有二十來個由低到高的記號。每個記號的顏色都不一樣。最高的一道是綠色的，旁邊標注著：一〇三公分，五月二十二日。

九年後，這些數字成了托比亞曾經存在的少數證據。這孩子本來可以長大，本來會是十二歲，卻永遠停留在三歲。他想起在玩具工藝師家裡看到的真人大小人偶，不禁打起冷顫。

「後續呢？」珊卓拉問道。

「報紙和電視開始大肆報導。本來，所有人都站在我這邊，但在照片和影片上傳以後，情況就變了。在那些照片和影片上，我兒子一直和我在一起，這引起了懷疑。事情總是這樣，大家不能原諒我這個單親媽媽，我沒有丈夫，沒有伴侶，沒有一同撫養托比亞的男人。但其實我能瞭解……我弄丟了自己心愛的孩子，這種事讓人難以想像，別人不容易產生同理心。大家會批判，是因為每個人都相信這種事不會發生在自己身上。」瑪蒂德搖頭，說：「那些記者的看法也一樣。他們連寫都不必寫，只要在文章裡暗示就夠了。沒有人願意繼續相信我。警察沒說出口，但我覺得他們對我的態度不一樣了。他們懷疑我，質疑我的說法，認為我可能會對自己的孩子做出什麼壞事——某些壞事。他們沒有做出結論，但我心裡知道他們已經放棄尋找綁架犯，轉而把重心放在尋找我的罪證。他們遲早會來按我家門鈴，把我銬上手銬帶走。你們知道嗎？這都不重要。」她又點了根菸，繼續說：「被捕或判刑對我來說沒有差別。如果我的餘生沒有托比亞，我人在哪裡都無所謂。反正一樣痛苦。因為，有件事他們沒說錯：那個五月的下午，只有我才能阻止托比亞的失蹤。」

珊卓拉看著馬庫斯。他們都因喚起女人的痛苦而內疚。這次，說話的是馬庫斯。

「佛瑞太太……」

「請叫我瑪蒂德就好。」

「好，瑪蒂德……您一定想知道我們為什麼挑今天晚上過來。您接待我們，是因為您以為我們也許有案情的最新發展要向您報告。」

「我不驚訝。」瑪蒂德說：「說到這裡，其實我正在等你們。當然，我不是指兩位，但是我期待有人來幫我。」

馬庫斯和珊卓拉再次互望，不懂瑪蒂德在說什麼。

「來幫您？」珊卓拉問道。

瑪蒂德對自己的遣詞用字十分審慎，免得被當成瘋子。最後，她決定盡可能以最簡單的方法陳述事實。

「早上七點四十分，就在停電的前一分鐘，我的電話響了。我接起電話，訊號不是很清楚。但接著我聽到托比亞的聲音。」

聽她這麼說，馬庫斯和珊卓拉大感震驚，安靜地聽。

瑪蒂德研究他們的反應，考慮是否該繼續說下去。

「電話只接通了幾秒鐘，」她說：「因為接著就停電了。」

「您聽到了什麼？」馬庫斯問道。

「『媽媽，媽媽！媽媽！來接我，媽媽！』」她的語氣平淡。「怪的是——但這也是我後來才想到的——電話裡不是十二歲孩子的聲音，而是個三歲小孩。我知道那是不可能的事，我一定是在作夢，是幻覺。」

馬庫斯聽過這個電腦合成的聲音和相同的話，當時說話的是玩具工藝師製作的擬真人偶，他還記得當時看到地上有具無線電話。瑪蒂德沒有說謊也不是幻想。她說的全是真的。那通電話的發話地點是帕里奧利區。但為什麼要折磨這個可憐的女人？

在這個風雨交加的漆黑夜晚，他們在簡陋的廚房裡，就著燭光談論一個純潔的靈魂。沒有人知道接下來會如何發展。

「我相信您。」馬庫斯的話讓珊卓拉大感意外。

瑪蒂德顯得很驚訝。

「您認為那真的是我兒子？」她雙眼含淚地問。

「不是的，因為他不可能用小男孩的聲音說話。」馬庫斯承認。「但我們今晚之所以會來，就是為了要尋找答案。我們擔心托比亞遭到綁架，所以，我們必須查明他是不是隨機被擄走的。」

「這麼久以來，我一直祈禱他是被某個不能生育的女人帶走的。」瑪蒂德說出心裡的話，馬庫斯的話題顯然讓她很激動。「總比被戀童癖帶走好，不是嗎？……否則還有誰會對單親母親的兒子感興趣？」

「我們不知道。」珊卓拉說謊，她和馬庫斯說好了不提起月蝕教派。「但是，如果能知道孩子父親的身分應該會有幫助。」

瑪蒂德沒說話。她帶著菸灰缸站了起來。雖然菸灰缸裡只有兩支菸蒂，她還是往垃圾桶裡倒。

「如果我說不知道，你們會相信嗎？我記得自己去參加一場宴會，當時的我不是平常的自己。一個月後，我發現自己懷孕了。你們可以想像那種驚嚇嗎？我才剛滿二十三歲，對生命一無所知，更別說怎麼養孩子了。在那之前，我一直活在世界之外。」

珊卓拉想知道她這說法是什麼意思，但決定不要立刻深入探問，免得打斷瑪蒂德。

「一開始，我想拿掉孩子，我太羞恥。我的家人永遠不可能瞭解的。我已經傷了他們的心，不能讓他們再難過一次——」

「等等，」珊卓拉阻止她說下去：「您說的傷心是怎麼一回事？您懷孕前和您父母間有什麼問題？」

「怎麼了，你們的報告裡沒寫嗎？我以為警方熟知有關我的一切。我在二十二歲那年違背了誓言……生下托比亞之前，我是修女。」

7

埃斯奎利諾區的街道淹水了。天又開始下雨，而且下的是傾盆大雨。

馬庫斯拉起沉重的柵欄，對珊卓拉指指通往地下層的梯子。她仍然穿著高跟鞋，不容易下去。為了減低對老鼠的恐懼，她想到了一個方法，拿出皮包裡的手機。由於停電，通訊網路也跟著中斷，她幾乎忘了自己還有手機。實在很難相信，她和許多人一樣，在幾小時前還對手機有極深的依賴！然而現在，她只能把手機拿來當手電筒用。她開啟手電筒功能，照向腳下漆黑的梯井，然後開始往下走。在距離底端還差幾級時，她雙手一滑，手機悶聲掉到地上。碰到地上的手機手電筒一閃一滅。珊卓拉沒有不高興，她只希望忽明忽暗的光線可以嚇跑鼠輩。

沒多久，他們便回到了地道。

馬庫斯拿著手電筒開路。離開瑪蒂德・佛瑞家之後，兩個人一直沒有交談。

修女。那個女人曾經是修女。珊卓拉的腦海裡只有這件事。

「你覺得他死了，是嗎？」

「是的。」馬庫斯回答：「九年前就死了。」

他一點也不猶豫。珊卓拉感覺到怒火上升。馬庫斯有種與世俗無關的正義感。她經常忘了他是神父。她很想問他為什麼確定月蝕教派殺害了托比亞・佛瑞，但她只說：「我們可以停一下嗎？」

馬庫斯放慢腳步，轉過身來。珊卓拉扶著一根水管，按摩自己的腳踝。

「好。」他說：「反正我們所有的線索都到此為止，沒別的跡證可找了。」

「如果你真的認為托比亞死了，難道你不想找出該為此負責的人？不想看著他們的雙眼，問他們為什麼要殺害一個純真的孩子？」

「已經有人一個接一個處決了那些人，手法不但殘酷還很有創意。我為什麼還要干涉？」

珊卓拉知道他說的是氣話。不管如何，她相信他會想知道自己在失憶前出了什麼事，為什麼會被關進圖里亞諾監獄。她只要等到他氣消就好。

馬庫斯席地而坐，珊卓拉寧願背靠著石牆站著。這樣雖然不舒服，但總比骯髒的地上好。他們兩人都不想說話。珊卓拉檢查手機，確定剛才沒摔壞。手機功能正常，但在閃光燈忽閃忽暗時，相機也跟著自動拍照。照片裡是他們後方不同位置的走道。珊卓拉一一刪除。但到了第五張，她停下了動作。

在昏暗中，她清楚看到一雙人腿。

馬庫斯只看到她倏地挺直身子，倉皇地在皮包裡找東西。接著她掏出手槍，瞄準剛才過來的方向。她不必開口，他便明白地道裡不只他們兩個人。

他站起來，拿著手電筒走到她身邊。他將光束往前照，前方出現三個人影。跟來的是三個社會邊緣人，可能是遊民。他們有武器，其中兩個手持棍棒，第三人手上拿著一把槍。也許只是感覺吧，但珊卓拉看出他們的目光渙散又恍惚，和手機影片裡那個吃下黑色聖餅、喝下氫氧化鈉的毒蟲相同。

「你們想做什麼？」她問道。

沒有人回答。

「我是警察，休想在我面前耍花樣。」

這是真的，但自從她調職護照組後總共開過幾次槍？當然了，她仍然會參加每個月在射擊場舉行的必修射擊訓練課程，但她不確定自己是否能確實使用武器。

馬庫斯注意到她的雙手在發抖。他早已習慣身處險境，但這次是最糟的一次。

三個男人往前走來。

「我們只想聊聊。」其中一人虛假地說：「我們可以抽根菸，討論怎麼處置那個女人。」

另外兩人笑了出來。

「你該不會想獨佔她吧？」另一個人問道。

馬庫斯飛快地動著腦筋。他們可以跑，他熟悉這些地道。但萬一珊卓拉不幸跟丟了怎麼辦？他們必須冒險在黑暗當中逃跑。

馬庫斯拉起她的手，往後退一步。珊卓拉知道他一定擬妥了計畫，點頭表示她準備好了。

他關掉手電筒，轉頭就跑。

三個男人彷彿聽到了無聲的命令，朝他們衝過來，眼看就要追上。珊卓拉甚至可以在腦海裡看到他們：三個黑暗掠食者。這時，她感覺到有個東西掃過她的頭頂，是一隻手嗎？她厭惡又害怕地發抖，想像其中一個黑暗掠食者抓住她的頭髮，她鬆開和馬庫斯牽住的手往後跌。其中一人將她拖回他們的藏身地，最後，她會成為他瘋狂幻想中的玩具。

「我們跑不掉的。」她說。

「快跑！」馬庫斯命令她。

他沒找到逃脫的路線，卻感覺地道越來越窄。突然間，一道強光從他們身後照過來。他們聽到三發槍響，接著是重物落地聲。

三個黑暗掠食者砰然倒地。

馬庫斯和珊卓拉轉過身，看到那道光束逐漸推進。馬庫斯做好準備，拿起珊卓拉手上的槍，瞄準剛才開火的入侵者。

「站住！」馬庫斯威嚇對方。

無論來者是誰，對方都服從了馬庫斯的指令，在三具屍體前面停下腳步——不過這只是為了檢查三人是否確實死在槍下。他隨後把手電筒轉了個方向，揭露自己的面貌。維塔利手上仍然握著他忠實的貝瑞塔手槍。

「晚安啊，我的朋友。」維塔利開心地看著兩人震驚的表情。

稍早，他想到了一個好方法，決定到瑪蒂德．佛瑞家樓下守株待兔，等待馬庫斯和珊卓拉出現。而且，從眼前的情形看來，這兩個人欠供出托比亞名字的魯佛一個人情——安息吧，蟑螂魯佛。

「混蛋東西。」珊卓拉說。

「什麼？」維塔利裝出受辱的模樣。「我救了你們竟然得到這種回報？」

「我不確定我們現在更安全。」

比剛才安全，維塔利心想。珊卓拉・維加沒看到剛才那三個男人的眼神嗎？

「妳可以請妳的朋友放下武器，還可以幫我們介紹一下，好嗎？」

珊卓拉轉身看著馬庫斯。

「什麼都別說。」

「猜疑心真重。」維塔利警探邊說邊瞄準。「我本來想來場文明的對話，但這樣也行。不管怎麼說，維加警官，我還是想提醒妳，我剛才一槍不多，用三發子彈解決掉三個人。」

珊卓拉知道如果雙方駁火，維塔利絕對佔上風。

「我想談條件。」

「說說看。」

「情報交換。」

維塔利認真考慮。

「何不從妳先開始……他是誰？」

「這個我不能告訴你。」珊卓拉嚴正拒絕。

維塔利搖搖頭，顯然很失望。

「一開始就不順利。」

「他不是手機影片裡的兇手。」珊卓拉向他保證。

「那手機上的血怎麼說？妳想說，妳這位朋友不會流鼻血？」

馬庫斯不禁自問，維塔利怎麼會知道。

「別這樣看我，」維塔利笑著說：「是一隻蟑螂告訴我的。」

馬庫斯立刻想到魯佛。如果他光靠魯佛就能追蹤到他，那麼，這名警探確實有些本事。

「你還沒搞懂嗎，笨蛋？」珊卓拉出言攻擊他：「有人要我們在這情況下相遇。對方派他去找你，然後透過手機裡的照片利用我當誘餌，讓你找到他。對方利用了我們。」

「這個『對方』是誰？」

「我們不知道。」

「他的目的呢？」

「默默殺害月蝕教派的成員。」這話似乎讓維塔利動搖了。

「妳對月蝕教派有什麼瞭解？」

「九年前，他們擄走了托比亞・佛瑞，目的可能是為了殺害那孩子。」

維塔利臉上露出難以置信的表情。

「這些是誰告訴妳的？」

珊卓拉絕對不會透露消息來源是克里斯匹警司。

「少來這套，警探，你完全知道我在說什麼。月蝕教派是你第四級檔案裡的案子，不是嗎？我查過資料庫，你的檔案屬於最高機密。」

「我不知道妳的消息出處，不過對方一定在耍妳。依妳看，如果我的案子都是第四級檔案……妳真覺得我會隨便說出來？」

珊卓拉不確定他是不是在虛張聲勢。維塔利捕捉到她的眼神，繼續施壓：「妳想想看，維加警官。警局裡有多少人有權閱覽第四級檔案？」

馬庫斯不知道這段唇槍舌戰所為何來，但是他發現珊卓拉猶豫了。她還來不及開口，地道裡便傳來一陣聲音，打斷了對話。這陣宛如軍隊開拔的轟鳴讓三人全安靜下來。

接著，他們腳下的地動了起來。

珊卓拉放聲尖叫。老鼠大舉來襲，把大家都嚇了一跳。

「幹，太恐怖了！」維塔利喊道，他穿著昂貴栗色平底軟鞋的左右腳交互跳動，免得踩到骯髒的老鼠。這些該死的東西是從哪來的？

馬庫斯最早反應過來：老鼠一定是在躲避什麼東西。

「台伯河。」他說。

接著他抓住珊卓拉，把她拉回現實。

維塔利轉過身，聞到背後傳來一股惡臭：腐水的臭味。他沒繼續擔心自己的鞋子，拔腿跟著老鼠一起跑。

讓市民憂心一整天的可怕洪水終於來了。台伯河沒花多久時間便漫過河堤，淹入地道，沖走了這三個逃難的人，他們和成群的老鼠一起載浮載沉，手電筒立刻熄滅。

珊卓拉在黑暗中緊緊抓住馬庫斯的手，但他擔心他們被沖散。事實上，他甚至不確定他們能不能浮上水面。強勁的水流帶走了三個人。不知什麼垃圾擊中了馬庫斯的肚子，可能是一段樹幹。另一塊打中他的後頸。珊卓拉失去方向感，她使盡全力抓著馬庫斯的手。她試著放開宛如沙袋將她往下拖的皮包，但皮包的背帶纏住了。不，那是一隻手，那隻手沿著她的身體往上拉，扯住她的手臂。

雖然看不到，但她知道拉住她的是維塔利。

她拚命想推開他，一次、兩次，可惜她白費力氣。她不知道自己還能憋多久，但隨後，她循著本能，愚蠢地尋找空氣，結果吸到的是水。

在她失去控制的同時，她感覺到肩膀上的皮包背帶滑到前臂。維塔利的指頭鬆開，她自由了。

馬庫斯感覺到珊卓拉的手不如剛才抓的緊。他心想，她溺水了。冰冷污濁的河水竄進他的肺部。再過不久，他也會失去意識。事不宜遲，他必須立刻採取行動。

他用腳踢牆壁，將自己往上推。

他浮出水面，來到地道最上方還有空氣的空隙。他用空下來的手抓住一根水管，另一手將珊卓拉往上拉，然後用手臂環住她。他必須確認她還在呼吸，於是將嘴唇貼上她的嘴，尋找生命跡象。感謝上帝，儘管微弱，但他感覺到了她的氣息。他抓著水管，在不再次被大水沖走的狀況下試著前進。馬庫斯用這個方式前進了大約五十公尺，然後他感覺到空氣從上方吹進來。是下水道口。

他四處摸索，終於找到金屬梯子。他把珊卓拉癱軟的身子扛在肩膀上，費力地往上爬，成功地用右臂推開下水道口的柵欄。

感覺到雨水打在臉上後，他知道他們安全了。在平地，氾濫的河水也會造成威脅，但台伯河水不可能危及他們所在的坡地。

馬庫斯把珊卓拉放到地上，幫她做心肺復甦。沒多久，她把水吐了出來，開始咳嗽。

「妳還好嗎？」

「沒事……大概吧。」她掙扎著坐起來。她的嘴唇上仍殘留著馬庫斯的溫暖。

他們知道自己運氣太好。珊卓拉看著維塔利留在她左前臂上的手指印。警探顯然死了。然而，另一個景象分散了他們的注意力。

他們面前，就在斜坡下，河水和火災的火光耀武揚威地征服了羅馬的市中心。

8

艾里阿加花了超過兩個鐘頭時間，才到達文書院宮。平常，這段路至多花他二十分鐘。

但這天不是平常日子。

他光靠著大衣黑帽的保護，穿過最早發生衝突的鄰近區域。每次看到人，他便躲在角落裡，希望對方沒看到他。稍早起床時，他看到大雨無法澆熄的火災，聽到台伯河的轟隆怒吼。但最讓他震驚的，是渴望暴力的路人那種目光——空洞，幾乎沒有轉動。

利奧十世的預言。那些預兆。

首先是停電帶來的黑暗。隨即是暴雨和憤怒河流帶來的大水。接著是火災。最後，是疾病。那些靈魂會感染瘟疫並非偶然，彷彿是經過規劃。那些一度是人類的靈魂轉變成了某種新的、惡意的生物。

他們是羅馬的新主人。警力無法控制。

艾里阿加安全抵達幾世紀以來靈魂法庭的所在地。他先劃了十字聖號才敲敲巨大的門，在外面等待。

一名負責監督聖庭運作的教士來為他開門。

「晚安，主教閣下。」年輕的教士向他問好後，拿著分枝燭台為他帶路。

他們登上大理石寬階梯，古老的階梯上留下了幾世紀以來的踩踏痕跡。

「出了什麼事？」魔鬼辯護者艾里阿加問道：「為什麼這麼急？」

他還一直想著屋頂上那面召開特殊會議的黑旗。

「是一件無法拖延的事。」

「臨終前的告解，是吧？」

「是的，閣下。」

對犯了嚴重過錯的天主教徒而言，靈魂法庭代表著最後的審判。不是每個人都能瞭解，但對教會而言，讓犯下嚴重過錯的靈魂得到赦免，是最重要的事。尤其是臨終前的告解。

在審判過程中代表被告的艾里阿加，還不知道這個夜晚自己要為哪條死罪辯護。

「今天下午，利波索聖母堂的神父來到這裡，把事情告知教士。是他上報了臨終者的告解。」

「這位神父人在哪裡？審判正式開始前，我想和他見個面。」

他們走進通往法庭辦公室的圖書室。艾里阿加脫下大衣，和黑帽一起交給教士，接著才沿著由蠟燭照明的通道走進自己的辦公室。他攤坐在一張紅色絲絨扶手椅上，交叉的雙手頂住下巴。他擔心這個情況並非偶然。會是另一個預兆嗎？無論多麼嚴重，一個臨終的人會藏著什麼罪孽？

門拉開來，教士帶著一名看來超過八十歲的神父進來。這位神父身上破舊的長袍大概和他一樣老，頭上尚存稀疏的白髮，蓄著蓬鬆的鬍子。他雙手捧著自己的帽子，弓著身子往前走，戒慎恐懼地站在如此高階教士的面前。

換作別的時間，艾里阿加絕對不會憐憫老神父邋遢的外表，他甚至會貶低老神父，讓他自覺渺小。事實上，如果可以，他寧願取代這個無關緊要的教區神父，負責解決瑣碎的日常問題就好。他的責任重大。而這天晚上，他有生以來首度感覺到壓力。

「告訴我吧。」他對神父說話的語氣中帶著平常罕見的和善。

神父往前走了一步，抬起深藍色的眼睛看著他。那抹純潔的深藍宛如山裡的水。

「主教閣下，請您見諒，但我準備在宵禁開始前關閉教堂時，發現有人在一間告解室的祈禱台上留下一樣東西。」

「什麼東西？」艾里阿加問道。

「一本筆記簿。」老神父回答。

老神父從長袍口袋裡掏出一本黑色的小筆記簿，呈給紅衣主教。艾里阿加掂了掂重量，彷彿在估計內容的重要性。但他猶豫著是否要讀。

「你怎麼知道這本筆記簿屬於一個臨終的人？你沒有見到告解者，怎麼知道他的狀況？」

「您說得沒錯。」老神父承認。「但是寫這本筆記簿的人知道自己會死。他甚至寫了死亡方式和他屍體會在什麼地方。」

艾里阿加嘆了口氣，最後還是決定翻開筆記簿。他最先注意到的，是筆記簿的前面幾頁被人撕了下來。接著，藉著身邊的燭光，他開始閱讀。

他感覺到臉上的血色退去。不知不覺地，他的雙手開始顫抖。他一行行看下去，甚至沒注意到自己一頁翻過一頁。看完之後，他把闔上的筆記簿放在膝蓋上。

旁觀他閱讀的老神父和教士現在正等著他的指示。艾里阿加沒力氣做任何手勢，也說不出任何話。在靈魂法庭上，告解者的身分一向保密。受到審判的只有罪，不是犯罪的人。儘管如此，艾里阿加這位魔鬼辯護者一向能巧妙地追蹤到罪人。多年來，他藉由勒索這些人來擴張自己的權力。但這一次，他不需調查也不必耍花招，就能知道誰是這個臨終之人。而且，重點是他知道那人存活了下來。

「馬庫斯。」紅衣主教嘆了一口氣。

9

黎明前八小時又四十三分鐘

他們躲進一間餐廳。

餐廳遭到憤怒暴民的糟蹋蹂躪。鐵門被拆下，家具全毀，牆上塗了字。對街一輛著火的汽車為餐廳裡帶來微弱的光線。馬庫斯藉著光線去幫珊卓拉找水。扭開水龍頭後，他發現流出來的是渾濁的棕色液體。他心想，這是淹水的結果。河水一定是沖入了管道。他在沒電的冰箱深處找到兩罐在騷亂後倖存下來的可樂。

珊卓拉坐在角落的地上，還處在驚嚇狀況中。她的頭髮和衣服都濕透了，冷得發抖還一邊咳嗽。馬庫斯在她身邊坐下，遞給她一罐飲料。珊卓拉搖搖頭。

「妳應該要喝點東西。」他說。

她聽他的話，問題是她吞不下去，她的喉嚨彷彿關上了。

「會花點時間，這很正常。」馬庫斯向她保證。

珊卓拉恍神地看著正在燃燒的汽車。那輛車和一輛警車對撞，翻了過去的警車就在不遠處。車裡的警察應該已經逃出車外，或至少成功地遠離了車禍現場。而汽車駕駛卻只剩下一具燒焦的枯骨。這是什麼瘋狂的車禍？

「你也看到了他們的眼光……」

馬庫斯知道她指的是在地道裡攻擊他們的那三個男人。沒錯，他是看見了。

「先不要說話。」他試著讓她鎮定下來。

「我不相信他們想殺我們。」她沒聽他的勸，繼續說：「他們會動手……不過，是到了最後才會。」

她想像著一個接著一個的虐待。「折磨」才是正確的說法。

她所有的東西都掉在地道裡了，包括鞋子——她現在赤著腳——還有她裝著警徽、調查清單、文件和所有雜物的皮包。大水甚至帶走了她的配槍。珊卓拉覺得無法自保。她羨慕從來不攜帶武器的馬庫斯。但最重要的，是她高興有他陪在身邊。她知道他會不計一切地保護她，這讓她覺得沒那麼孤單。有多少人可以讓她託付性命？有多少人會在世界末日衝到她家？珊卓拉發現她正在評估自己的感情生活，在列清單，列出自己真正在意的人有誰。經過一番思考與聯想，有個想法冒了出來：已故警探維塔利說的話。

「妳想想看，維加警官。警局裡有多少人有權閱覽第四級檔案？」

珊卓拉沒辦法相信。

「是克里斯匹把月蝕教派的事告訴我的……是他把一切告訴我的。」

「什麼？」馬庫斯問道，他不明白她為什麼會這麼說。

「我沒發瘋。」珊卓拉向他保證。「我只是大聲說出自己的想法。」

「妳在想維塔利說的話？」

馬庫斯的問題證實了她的懷疑。

「他懂得操弄人心，但對於這一點，他說的可能是實話。維塔利是警方秘密單位異端犯罪組的組長。這個極機密的單位只有一個警察在處理案件。為了這個人，我們甚至為他設計了掩護任務。」

「妳是說，克里斯匹……」一名刑事組警司不但清楚維塔利正在調查的案件，還從容地告訴一名可能涉案甚深的下屬……」馬庫斯替她繼續說：「而且他不只告訴妳，甚至冒著被指控偏袒下屬的風險，說得鉅細靡遺。」

馬庫斯把啃噬她的懷疑化作語言。這讓她不得不承認，但是她不再完全相信克里斯匹純粹出於好意。

「我要找他談談。」

透過餐廳的玻璃，他們看到幾個持棍棒的人跑過大街。馬庫斯警覺地跳起來。那些人沒有看到他們。

「該走了。」馬庫斯說：「我們在這裡不安全。」

珊卓拉驚恐地看著他。

「我可不要再下去了。」

反正那也不可能了，地道現在已經無法通行。但是她需要安心。

「我們走馬路，但是要小心。」

「我們要去哪裡？」

馬庫斯看著對街的車禍。他的注意力放在翻覆的警車上。

「去找妳的老朋友。」

幾小時來，蟻丘裡亂成一團。碉堡內發電機提供的動力和完美運作的科技，不足以控制外面的情況。

迪吉奧吉局長關在自己的辦公室裡。他與政府最高當局保持著聯絡，迫切地嘗試重建羅馬的秩序。

經查，一開始在人民廣場的動亂並非計畫性攻擊，因為事件背後沒有任何策略。但就是因為敵人無法預測，情況才會如此不穩定。

在某些人成功攻破一座軍火彈藥庫後，問題浮現出來。這時，迪吉奧吉終於正式要求部長請軍方支援。

後勤指揮部從駐紮在契奇紐拉的兵團調了一千人，軍隊和輕型車輛準備從南邊進入羅馬，朝首都的市中心前進。再過幾小時，佛爾果瑞傘兵旅的一支訓練來面對高危險任務的菁英特遣小隊也會從托斯卡納飛過來。這支特遣小隊的目的，是追捕反叛分子的帶頭人物。克里斯匹認為「反叛分子」這個稱呼名不符實，因為這些人沒有確切的目的也沒有組織。不管怎麼說，自從他們成功扳倒警方後，大家就這麼稱呼這批人。高層可能會滿意這樣的稱呼，因為其中牽涉到形象問題，輸給一群反叛者，總比敗在一群只懂得燒殺搶劫的小混混手上來得好。此外，對那些到目前為止已經送命的人也必須有個交代。

克里斯匹和應變中心的每個人一樣擔心自己家人。他有妻有子女，還有好幾個孫子。他不知道他們的處境是否安全。幸好他住在新薩拉里奧區，離受暴動波及的區域很遠。問題是誰也不敢打包票。

混亂的訊息湧進蟻丘，而且經常前後不一致。唯一能確定的，是台伯河在三處淹過河堤。在米爾維奧橋一帶，兇猛的大水淹進上千羅馬人每天晚上聚集的酒吧和餐廳區。另外，高漲的河水沖散停在聖天使堡對岸的船隻和接駁船，加上沖來的垃圾，全部堵塞在著名的聖天使橋下，這座橋最後遭洪水沖潰，台伯河水從那裡一直淹到納渥納廣場。由貝尼尼打造、和波洛米尼建造教堂面對面的「四河噴泉」已經不復存在。憤怒的河水還吞噬了台伯島，幸好島上的醫院已經事先撤離所有人員。大水也入侵了特拉斯特維雷區，傷亡人數必定很可觀。泥水淹到了建築物的二樓。沒有人知道有多少人淹死在家中，他們為了防止宵小入侵而把自己鎖在家中，最後卻被河水奪去了性命。

克里斯匹相信，到了第二天，所有人都會怪罪於宵禁。但問題是，如果不限制市民的自由，又有多少人逃得過？不少人會成了替罪羔羊，因此下台。但克里斯匹更憂心的是那些不幸沒立刻喪命，而是受傷躺在家中的人，他們等待的救援不會來臨。事實上，從義大利各地調派過來的救援隊伍和軍方的工兵都駐紮在市郊，在城市「安全無虞」之前不會進入羅馬。

短短幾個小時內，人類和大自然摧毀了歷經幾百年打造出來的絕美之城，而人命成了代價。到了凌晨，世界會發現羅馬永遠改變了。但這還有個先決條件：這座城市必須活到明天。

一名女警打斷了克里斯匹的沉思。

「長官，巡邏隊找您。員警自稱是珊卓拉．維加。」

「接過來給我。」警司交代女警。

克里斯匹接過無線電，先開口說：「維加，真的是妳嗎？」

「是的，克里斯匹。真的是我。」

無線電訊號很差，但他很高興能聽到她的聲音。

「告訴我妳不在特拉斯特維雷區，告訴我，妳在洪水來襲前已經先離開了。」

「放心，警司，一切都好。」

「感謝上帝。」

但是他沒能放心多久。

「我知道你是他們的成員。」

這句模稜兩可的話讓他遲疑了。

「妳說什麼？我不懂……」

「你聽得很清楚。我知道了。」珊卓拉又說了一次。

他用手遮住嘴巴，免得別人聽到。「聽我說，維加。今天早上，我試著想告訴妳，我發誓。否則我為什麼要把整件事說出來？」

「這倒是真的。我已經知道這些事不是維塔利告訴你的了。」

「別提維塔利了，有更重要的事……」警司說，儘管蟻丘裡開著冷氣，他仍然滿身大汗。「我不想牽扯在內……可是我不知道怎麼做。維加，妳還在嗎？」他問道，因為無線對講機的另一端靜了下來。

「我在。我覺得我們不該透過無線電談這件事，不是嗎。」

她說得有理。可能會有人聽見。

「妳有什麼建議？」

「一小時內到老希臘咖啡館和我們碰面。」

10

克里斯匹偷偷溜出蟻丘。他身上揹著一個深色的運動袋。

碰面地點位在孔多蒂街，這條名聞遐邇的街道通往最受世人喜愛的其中一個地點：西班牙廣場。

孔多蒂街以義大利及國際訂製服名店和各大精品店最為知名。其中，老希臘咖啡館是唯一的例外。一名來自東地中海黎凡特地區的咖啡師在一七六〇年創立了這家咖啡館，隨著時間演變，這地方成了一個文化中心，受到許多知識分子、藝術家等名流人士的喜愛。除了上好的濃縮咖啡之外，咖啡館的裝潢也是賣點，包括龐貝紅的牆面、灰色大理石桌面、絲絨座椅、著名的新藝術風格吊燈，和鑲著金框的鏡子與相框。

克里斯匹到達咖啡館前，腦子裡還是這樣的印象。因為擔心碰到反叛分子，所以他沿路沒開手電筒，而是到了咖啡館才打開。他幾乎認不出眼前宛如黑色洞穴的地方。無知又粗暴的暴民像豺狼般將一切破壞殆盡。街上所有的商店也遭遇了相同的命運。寶格麗和卡地亞慘遭洗劫，古馳、普拉達、迪奧和威登被搶奪一空。但是，他拿手電筒照向西班牙廣場時才看到最慘烈的景象。整個廣場被破壞到無可修補的程度，巴洛克風格的西班牙階梯處處是破瓦殘礫，暴民以開車輾一百三十五級的白色階梯為娛樂，無人不知的「破船噴泉」上甚至卡著一輛賓士汽車。

克里斯匹走進這個一度是羅馬最美咖啡館的雜亂空間，在這裡，沒有任何事物倖免於難。他把運動袋放在地上，彎腰檢起一個殘破的杯子，這出名的白色瓷杯上印著咖啡館的標誌。他心想，不知有多少人曾經為了尋找高雅的樂趣，把嘴唇靠在這片厚實光滑的杯緣上。他厭惡地搖頭。

「在這裡。」他聽到有人叫他。

他踩著夾雜著碎玻璃、木屑和大理石塊的地板走到陳列室。從前，陳列室裡展示著過去來訪過咖啡館的名人石膏頭像，從阿波里奈爾到比才、卡諾瓦、歌德、喬伊斯、濟慈、萊奧帕爾迪、梅爾維爾、尼采、馬克·吐溫和奧森·威爾斯，而這些還僅是幾個例子而已。如今，這些石膏板不過是覆蓋在各式殘骸上的白色粉末。

珊卓拉站在陳列室的中央。他拿手電筒照亮她。她赤著腳，破了好幾處的黑色晚禮服外罩著一件厚帽T，雙手插在帽T口袋裡。站在遭到破壞的陳設之間，她這樣的外表一點也不突兀。陳列室裡只有他們兩個人。

「我把妳要的東西帶過來了。」他拿起運動袋讓她看。

「很好，把東西放在地上。」

克里斯匹照她的指示做。

「我是來幫你的，警司。但首先我必須知道你涉入多深……」

克里斯匹沒有說話。接著，他解開腰帶拉下長褲，露出他的左臂。

珊卓拉看到一個藍色圓圈刺青。

「我沒辦法忘記你這幾年為我做了這麼多的事，所以我決定和你維持朋友關係。」

「真希望我能相信妳，維加。」克里斯匹拉上褲子。

「在無線電裡，你說過你想脫離這件事，不是嗎？」

克里斯匹掏出手槍。

「有什麼能證明妳不是他們的一分子？計程車後座找到的手機裡有妳的照片。」

「如果你的想法和維塔利一樣，那你為什麼要來？」

「為了請妳告訴他們放我一馬。」

克里斯匹低聲啜泣，他痛恨自己這種表現，然而卻無法克制，因為他這輩子從來沒有這麼害怕。他雖然疲憊又茫然，但仍然捕捉到珊卓拉的眼神。她看向他右側的陰影。為什麼？

警司還來不及轉頭，一個黑影便朝他撲過來。黑影制住他的手，奪下武器後，立刻勒住他的喉嚨。

珊卓拉往前走了一步。

「真沒有用。」她邊說邊撿起克里斯匹掉在地上的手電筒。

馬庫斯放開警司。

克里斯匹跪倒在地，拚命咳嗽。他抬起雙眼看著卸下他武器的男人。他花了好一會兒才認出這個男人。他們從前見過，那是在羅馬殺人魔犯案的時候了。他不知道這個男人是誰，但當時他幫助過警方。他為什麼會和珊卓拉一起出現在這裡？

「我在等你的解釋。」珊卓拉說。

克里斯匹按摩自己的喉嚨。

「我不曉得你們以為我是誰，但真相是，對他們而言，我一點也不重要。」

「你為什麼那麼害怕？」珊卓拉問道，拿手電筒照著他。

「昨天晚上，就在電視宣布停電的消息後，我被叫到蟻丘去。我走出家門去開車，發現車子被人撬開了。我本來以為是小偷，但後來發現所有財物都在。他們只拿走我放在儀表板上面的一串鑰匙和一本我用來記事的筆記簿。」

珊卓拉和馬庫斯互看一眼。所以馬庫斯是這樣拿到筆記簿的，以及，更重要的，他拿到檔案室鑰匙，得以找出綁架托比亞・佛瑞那個男人的照片。

假如有可能，馬庫斯很想記得他在那件被遺忘的案子時，曾經強行進入警司的車子。但是，知道事情的經過不足以讓他重拾記憶，他那段短暫的失憶似乎是回不來了。

「為什麼一樁幼兒綁架案會讓你這麼害怕？」

珊卓拉不懂。

「你不瞭解那些人。」克里斯匹喃喃地說：「他們從來不直接威脅，只要送個小小的信號就夠了……我看到手機上影片，看到他們怎麼殺害身上和我有相同刺青的毒蟲時，我就知道末日到了。也就是這樣，我才會決定引導妳走上正確的方向。」

「月蝕教派的成員有哪些人？」馬庫斯問道。

「我不知道。」克里斯匹答得一副理所當然的樣子。「我們在固定聚會時分派任務，聚會時，大家都穿黑色長袍戴面具。這是保密措施。」

「誰負責分派任務？」

「我們稱他們『主教』、『玩具工藝師』和『煉丹師』。」

馬庫斯已經揭開了前兩者的身分，但第三人還是個謎。

「負責指揮的是他們？」珊卓拉想問清楚。

「不是。」

克里斯匹環顧四周，像是害怕黑暗中會突然出現巨大的野獸，一口吞掉他。

「是我們大家的上級——『黑影大師』。」

珊卓拉無法相信自己如此尊敬的人竟會藏著這麼可鄙的秘密。她問他最痛苦的問題：「托比亞・佛瑞最後有什麼遭遇？」

「我對他一無所知。我只被指派過一件任務。而且我也達成了，他們要我保存一樣東西。」

「什麼東西？」馬庫斯問道。

「一只行李箱。」

「那個行李箱現在在哪裡？」

「本來放在我家地窖，但昨晚我換了地方。」警司在拖時間。

「我再問一次，行李箱在哪裡？」

克里斯匹在壓力之下垂下雙眼。這時，他注意到馬庫斯腳上的鞋子，大受驚嚇。

「你在哪裡找到這東西？」

馬庫斯不懂他想問什麼？

「誰給你的？」他指著白色帆布鞋問道。

「我不記得了。」馬庫斯說。

老警司轉頭看珊卓拉，指控地說：「妳背叛我。」

她朝他彎下腰，一手搭在他的肩榜上。

「沒有人背叛你。我唯一能確定的是：他不是敵人。你要他脫下衣服向你證明他身上沒有任何刺青嗎？」

克里斯匹想了想之後，回答：「不必了。反正我唯一的選擇是信任你們……」

「那麼，你把行李箱藏在哪裡？」

「你們保護我，我就說出來。」

「你還得把其他的事告訴我們。」

「那要依我的條件，而且在適當的時候。」警司很堅持。「你們每次想知道一件事，我就會提出一個交換條件。」

克里斯匹知道他已經喪失了靈魂，但至少他還能拯救自己的性命。

「就這麼說定了。」馬庫斯說。他拿起克里斯匹帶來的袋子。「我們帶你到安全的地方。」

他們拿著克里斯匹的手電筒，走向位在舊總督府街的接力賽小屋。舊總督府街介於聖天使堡和納渥納廣場之間，是這次水災影響最嚴重的區域。馬庫斯不確定他們是否到得了。但一抵達聖歐斯塔奇歐廣場，他們就發現，從這個地點開始，大水很快地退去，只留下各式各樣的垃圾。在宛如日用品鋪出來的地毯上，珊卓拉看到一隻拖鞋，一柄杓子和一個玩偶。所有東西都裹上了一層泥漿。

珊卓拉、馬庫斯和克里斯匹在時而及膝的泥濘中跋涉前進，花了超過一個小時才抵達目的地。這個地區遭到洪水破壞，因此很安全，沒有眼神空洞的暴徒或宵小在此流連。

珊卓拉領著克里斯匹走進公寓，她和馬庫斯稍早湊合出來、吃剩的餐點仍然放在火爐前面。

「這裡有些鮪魚罐頭和餅乾。」珊卓拉告訴他：「還有幾瓶水可以喝。」

「我只想抽菸。」克里斯匹回答。

他從口袋裡掏出一包菸。警司顯然決定重拾他的罪孽。

馬庫斯打開運動袋，裡頭裝的是珊卓拉要克里斯匹帶來的東西，包括一把手電筒、一疊替換的衣服，一套她穿的運動服和一雙球鞋、兩把手槍——一把左輪手槍和一把自動手槍——以及，最後是兩支衛星電話。但那兩支電話是過時的型號。

「我們要的是兩支無線對講機。你要我們拿這東西做什麼？」

「這還能用的。」老警司向她保證。「況且我也沒找到更恰當的東西。」

「現在你安全了。行李箱在哪裡？」珊卓拉提醒他，要他遵守協議。

「我把行李箱留在特米尼火車站附近的旅館裡。歐羅巴旅館，一一七號房。」

克里斯匹在口袋裡找出鑰匙交給她。

「為什麼？」珊卓拉問道，失望地嘆了一口氣。

「來吧，把我釘上十字架，折磨我吧……」克里斯匹垂下雙眼回答。

「我以為你相信上帝，以為你是虔誠的教徒。」

他坐下來，抽了一口菸。

「黑色聖餅。上帝將人遺棄在浩瀚宇宙中的一個小星球上，讓人的身邊圍繞著美妙但充滿惡意的大自然。接著，祂躲在一旁觀察，什麼也不說……祂把孤單又害怕的我們留在這裡，讓我們自問：『我們為什麼會在這個地方？』或是『我們從哪裡來？要往哪裡去？有哪種父親會對自己的孩子做這種事？』」他邊解釋，一邊徒勞地在他們的目光中尋求瞭解。「而幽影之主呢，祂會把知識還給我們……當我們領取祂的聖餐時，我們相對得到了『知』的贈禮。」

珊卓拉想起影帶裡那個毒蟲以亞蘭語說出的句子。

「什麼知識？」

「每個人得到的知識都不一樣。有些人希望得到與人類無關的答案，其他人只是想內觀，認識自己真正的面貌。拿我來說，我向黑色聖餅請求的，是讓我知道我生命的意義。」

「你得到你想要的答案了嗎？」馬庫斯不屑地問道。

「得到了。」克里斯匹自信地說。

「胡說八道。」珊卓拉插嘴道。

她相信一定還有其他因素。她太瞭解克里斯匹，知道他沒那麼容易收買。

「好吧，既然都說了這麼多……」克里斯匹笑道，他知道自己沒有騙倒她。「幾年前，我害死了一個女人。我不是故意的，那是一場意外。我開車撞倒她之後逃逸。」他停了一下，才解釋：「那個女人當時懷孕了，你們懂嗎？懷了一個女嬰。」

「我聽不出這當中有什麼關聯。」珊卓拉雖然驚訝，但仍然輕蔑地說。

「我呢，隨著時間流逝我終於明白……上帝藉我的手做了一件可怕的事。也許是因為祂不願意自己動手。我不知道他為什麼選擇了我。」他掏出手帕，自問自答：「祂大可用其他太多方式帶走那對母女。例如疾病，或是懷孕的併發症。然而祂卻要別人去做這個骯髒的工作。要我這個祂一點也不在乎的虔誠子弟去做。」

這種前後不一的說法讓珊卓拉大感意外。

「這就足以證明犧牲無辜性命的合理性？例如托比亞．佛瑞？因為你們殺了他，對吧？」

克里斯匹憤怒地搖頭。

「你們不會瞭解一個人對真相的渴望有多麼強烈，不明白為了揭開遺忘的障眼面紗，一個人能做到哪種程度。」克里斯匹的眼神越來越瘋狂。「如果從來沒有經歷過罪惡和不公不義，要怎麼聲稱自己是虔誠的好教徒？」

馬庫斯想起了葛達主教。他想考驗自己。老主教知道自己有黑暗的一面，也許那是個讓黑暗面浮現出來的一種方式。那麼何不試試？

「如果不相信自己，如果連自己都不知道自己是誰，你要從哪裡找到勇氣，去直視你的孩子或你深愛的女人？我必須知道那是否真是我的錯，或是上帝透過我下手，免得有人把一名孕婦死亡的責任歸罪在祂身上。黑色聖餅對我揭示了真相。」

這時的克里斯匹像是一個尋找信徒的教士。

「幽影之主透過大師發言，而『主教』、『玩具工藝師』和『煉丹師』則是為『黑影大師』服務。」

他的滿腔熱情突然歸零，說：「其他的以後再說，我們有協議。」

馬庫斯扯扯珊卓拉的袖子。

「去換衣服，我們走了。」他說。

她朝克里斯匹伸出一隻手。

「你的警徽。」

克里斯匹什麼也沒說便遞出了警徽。走遠前，珊卓拉看了他最後一眼。

「你的黑色上帝已經忘了你，可憐的人。」

他無言地看著他們走出去。獨自一人留下來的克里斯匹只要面對自己的良知就好。也許，他該立刻把疾病的事告訴他們。但反正已經太遲。

他坐在熄滅的火爐邊抽菸，不到半小時就抽光了一整包菸。接著，他環顧四周。這是什麼地方？這裡有部老電腦，一具住家電話。難道這是陪著珊卓拉那個男人的家？然而，這裡看起來不像有人住的樣子。克里斯匹決定到處看看。

他拿著蠟燭搜索這處公寓。廚房、浴室、臥室。與其說像個家，不如說這地方像個避難所。但接著，他看到一扇關起的門。他試著打開門，但徒勞無功，於是他放棄這個念頭，轉回廚房去找珊卓拉提起過的鮪魚罐頭和餅乾。在壁櫥裡翻翻找找後，他停下動作。他受不了心裡的懷疑。最近幾個小時的種種事件讓他變得猜疑心十足。他回到門邊，想強行開門，但這扇門似乎反鎖上了。

他在客廳裡坐了幾分鐘，透過燭光看著那扇緊閉的門，就是沒辦法視而不見。

他拿起火爐中的一片木板，當作槓桿撬開門鎖。一陣冷風從陰暗的房間裡竄出來。他拿著蠟燭檢視房間，裡頭沒有任何能引起他興趣的東西，這空蕩蕩的大房間裡只有一個木製衣櫥。

但是這衣櫃用絕緣膠帶封了起來。

克里斯匹走上前去，自問衣櫥裡可能放著什麼東西。他猜不出來，於是決定親自檢查。他撕下膠帶，打開櫃門。一個巨大的袋子從架子上掉了下來，揚起一片深色的灰塵，蠟燭跟著熄滅，房間門也砰地一聲再次關上。

「搞什麼……」他不滿地說。

他試著開門，但是沒有用。門上有第二道鎖，而鎖頭卡住了。他拿出口袋裡的打火機點亮蠟燭。

深色灰塵飛落在地上，沾在牆上。但由於太輕，小小一個動作讓灰塵又揚了起來。克里斯匹想，是菸灰。

他想克制，卻管不住自己的呼吸。

11

他們又回到街上。

街上滿地是泥濘和散落的垃圾，這段路不好走。照這個節奏，他們恐怕得花一輩子時間才到得了特米尼火車站。馬庫斯四處張望，接著走向一堆雜物和垃圾。他看到一組把手從這堆垃圾裡探出頭來。他用腳抵住垃圾，將把手往外拉。珊卓拉跑過來幫忙。沒多久，兩人便拉出了一輛本田摩托車。除了幾處刮傷，車子本身完好無缺。馬庫斯拉出電線想發動摩托車，可惜白費力氣。

「化油器濕掉了。」他判斷。

到了第十次嘗試，他終於成功發動摩托車。

他們騎上摩托車，騎乘在滿是障礙物的道路上時，珊卓拉緊緊抱住馬庫斯。他們從來沒有如此貼近彼此。雨水打濕兩個人，她雖然冷，但仍能感覺到馬庫斯的心跳。

「我找到了『主教』——也就是葛達主教——和『玩具工藝師』」。他告訴她：「現在只欠『煉丹師』還有『黑影大師』了。」

「你覺得真有這些人物嗎？」

他也這麼自問。

「通常，邪教都是寡頭的秘密組織。這些教派讓信徒服從單一領導者的決策，而這個充滿群眾魅力的領導人物具備了苦行者的形象，與追隨著保持距離，高不可攀。這樣才更能夠控制心靈脆弱的人。」

「克里斯匹會幫我們的。」珊卓拉斷言：「他說他想脫離組織，我相信他的說法。你自己看到的，他嚇壞了。」

「妳覺得他知道『煉丹師』的身分？」

「我不曉得。」珊卓拉說：「你也聽到他怎麼描述信徒的聚會，不是嗎？你呢，你相信所謂黑袍和面具的說法嗎？」

「妳覺得哪裡前後矛盾？」

珊卓拉已經想了好一陣子了。

「我不知道，但是我很難信服，我真希望這個故事只不過是一場大騙局。」

而馬庫斯則是為了另一個謎而煩惱。克里斯匹看到他的白色帆布鞋為什麼那麼驚恐？

他們看見車站了。四周鴉雀無聲。馬庫斯熄掉摩托車的引擎後，一片如幽靈般的靜默包圍住兩人。

連下了八十六小時的雨終於停了。然而他們卻懷念起熟悉的雨聲。

歐羅巴旅館位在佩托里奧街上。這間小型旅館接待的客人大多是朝聖者。門口的玻璃旋轉門本來會透過監測器運作，但現在當然不能用，而且還用大鎖上了鎖。門裡的接待櫃檯後面沒有人。

「依我看，旅館裡沒有人。」珊卓拉雙手貼在玻璃門上看著大廳。

馬庫斯掏出自動手槍，朝大鎖開槍。兩人走進旅館裡。

他們以為旅館裡應該沒有聲音，沒想到卻聽到一聲像是背景噪音的刺耳輕響。

「那是什麼聲音？」馬庫斯問道。

珊卓拉聽出來了。這個聲音是她童年的記憶，但她好幾年沒聽到了。聲音來自櫃檯後方。她探身看，發現一台小電晶體收音機，音量調得很小，但勉強能聽出一個男人的聲音。

「出來！」馬庫斯對著黑暗喊：「我們不想傷害你。」

幾秒鐘後，一個用雙手握著棒球棒的男人從布簾後面走出來。

「你們要做什麼？」他顫抖著問。

珊卓拉掏出克里斯匹的警徽，這似乎讓男人鎮定了下來。

「我是夜班守衛。」他放下球棒，說：「旅館裡幾乎沒有別人。除了我之外，還有一團玻利維亞客人，他們來參加星期三舉行的教宗公開接見活動。」

他們運氣真差，珊卓拉心想。這些人飛越了大半個地球，結果碰到這個混亂的局面。

「昨天晚上有人來開了一個房間，一一七號房，是嗎？」馬庫斯問道。

「沒錯。我記得他是在晚上十一點左右來的。」

「您記得房客的名字嗎，是不是克里斯匹？」

他們想確認這不是個陷阱。

「這我得查一下旅客登記簿。」男人語帶防備。

「算了。」珊卓拉打斷他，說：「您可以形容他的長相嗎？」

「其實，個人隱私是有法律管束的。」男人猶豫了，他斜眼看著珊卓拉，說：「好吧，反正，再糟也不過如此了……他身材矮胖，大約六十多歲，滿身菸臭味。」

是克里斯匹沒錯。珊卓拉拿出鑰匙給男人看。

「我們要上去。」她宣布。

「可以，但是我得陪你們去，因為那些玻利維亞蠢蛋圍住二樓，不讓任何人上去。」

夜班守衛帶他們走向樓梯。當他從櫃檯後方繞出來時，珊卓拉看了電晶體收音機一眼。

「啊，這東西。」男人發現珊卓拉注意到電晶體收音機。「今天早上，我想起我從前在儲藏室裡看到過這種電晶體收音機。大概是四年前吧，我花了一番功夫才找到合適的電池。但我白費力氣……無線通訊中斷了，我以為他們會透過調幅頻道轉播新聞，結果什麼也沒有。」

他們一起上樓。

「對了，你們知不知道城裡現在的狀況？」

「什麼，您不知道？」珊卓拉驚訝地問。

「不知道。」男人無辜地說：「這個白爛政府偷了我們繳的稅，當我們真的有需要時，卻沒辦法聽到任何新聞。」

原本資訊發達的世界在技術上真的往後退了一大步。幾百公尺外發生了暴力事件、火災，台伯河甚至氾濫，但這個男人卻一無所知。

「那我在電晶體收音機裡聽到的聲音是從哪裡來的？」

「有個瘋子，一個渾球想嚇唬像我這樣還相信公共服務的笨蛋……他已經講了好幾個小時——願上帝罰他下地獄。」

到了二樓，夜間守衛試著用破爛的西班牙文向那群玻利維亞朝聖客解釋他們沒有危險，三人只是要通過。這是一團由中年男女組成的朝聖客，大家都飽受驚嚇。

「你們得負責賠償損失！」守衛威脅他們。

馬庫斯上前，以他們的語言溝通，讓他們鎮定下來，接著為他們賜福。他們跪下來劃十字聖號，接著又移開擋住樓梯的障礙物。

「您的朋友是神父？」夜間守衛問珊卓拉。

「是的。」

「拿手槍的神父？」

「沒錯。」

她也同樣驚訝，因為她經常忘了馬庫斯的身分，看到他作為神父的表現，對她來說是個嶄新的經驗。

三個人來到一一七號房門口。

馬庫斯轉頭面對夜間守衛，把武器放在守衛手上。

「他們隨時可能會來。」他只這麼說。

「誰？」守衛又嚇了一跳。

馬庫斯沒有回答。

「現在我們自己處理就好，謝謝。」

珊卓拉把克里斯匹交給她的鑰匙插入門鎖。

「我簡直不敢相信，你竟然把我們的槍交給他。」

「他比我更需要。相信我。」

兩人走進房間，用手電筒的光束驅散室內的陰暗。這房間很整齊，裡面有一張雙人床，床頭桌上擺著燈，還有一座大壁櫥。牆壁上掛著廉價水彩畫，上頭描繪著過去的羅馬。骯髒的地毯散發出除臭劑獨特的強烈氣味。他們關上門，開始找行李箱。珊卓拉負責找壁櫥，馬庫斯則彎身看床底。

「在這裡。」他說。

他把行李箱放在床墊上。

這個栗色行李箱上有時光留下的痕跡，邊緣已經磨損。行李箱上有個密碼鎖。

「怎麼辦？」珊卓拉問道。「我們總不能開槍吧，如果裡頭有易碎物，我們說不定會把東西弄壞。」

「也許有方法。」

馬庫斯到浴室裡，拆下洗手台的虹吸管拿回房裡。在動手破壞箱鎖之前，他告訴珊卓拉：「裡面裝的可能是任何東西，包括足以引爆的機關。」

「我也這麼想……如果有人想以虐待的方式除掉月蝕教派的成員，他可能在我們之前來過這裡。他可能設下陷阱等克里斯匹自投羅網。」

馬庫斯看著她。

「我們沒別的辦法，但我還是希望妳退開。」

「不，我就留在這裡。」

她似乎下定了決心。馬庫斯知道要她改變心意有多困難，於是他拿起金屬虹吸管敲打鎖頭。敲了十來下，鎖就彈開了。他把虹吸管放在地毯上，珊卓拉掀開箱蓋。

行李箱裡裝著不同尺寸的衣服，全部折得很工整，沒有其他奇怪的物品。但讓人驚訝的是——同時也是違常之處——箱裡全是童裝。

「喔，不。」珊卓拉把衣服拿出來研究尺寸。四歲、九歲、十二歲。全部是男童的衣服。

馬庫斯知道他們兩人想的是同一件事。落入月蝕教派手中的孩子不只托比亞．佛瑞，還有其他純真的兒童。這些孩子是誰？下落如何？

接著，珊卓拉找到熟悉的衣服。一件T恤和一頂繡著羅馬足球俱樂部的棒球帽。

「托比亞。」她只說了三個字。

純真兒童中最無邪的一個；修女的兒子。她激動地把衣服抱在胸前。有哪個人有勇氣去告訴托比亞的母親？她問自己。珊卓拉不由得淚流滿面。

「惡魔。」

珊卓拉痛苦地嚥下怒火。她把T恤和棒球帽放在床上，想知道衣物上是否仍然留著孩子的味道；即使過了九年，也只有做母親的人才能憑嗅覺辨認出來。珊卓拉不想剝奪瑪蒂德以這種方式接近兒子的最後機會。這個女人已經付出了昂貴的代價，更何況她還被指控弄丟了自己的小孩，那孩子是她在世上最寶貴的一切。

「等一下。」站在她背後的馬庫斯說。

他把衣服依序放在床罩上。放在最前面的是托比亞的衣服。

「怎麼了？」

馬庫斯把所有的衣服放好。看著全部攤在他面前的衣服，他說：「妳看。」他指著T恤和棒球帽，說：「最小的是托比亞，他在三歲時失蹤。最大的是十二歲的兒童。」他轉頭看著珊卓拉，繼續說：「而且全是男孩。」

她還是不明白。

「現在妳數數看。」馬庫斯說。

珊卓拉照他的話去數。一件罩衫、一件襯衫、一條褲子……清單的最後是一件紅色小毛衣。

「十件。」

「一年一件，從失蹤日開始。」馬庫斯證實。

「這些衣服有可能是同一個孩子的？」

珊卓拉無法相信，她沉默了。

「是的。」馬庫斯讀出她的想法。「托比亞可能還活著。」

12

黎明前六小時又四十三分鐘

他感覺到雙腿間一陣濕熱，於是醒了過來。維塔利心想：我失禁了。接著，像是被人一拳打在臉上似地，記憶湧了上來。我死了。不，我沒死，但我確實差點送命。他試著張開雙眼，但他只睜得開一側眼皮，因為他大半邊臉腫了起來，這他感覺得到。四周一片漆黑，還瀰漫著停滯的水和機油的惡臭。寂靜當中，他聽到小水滴落下的回音。我在哪裡？他想站起來，但他全身都痛。維塔利記憶中最後一個影像，是大水沖著他，讓他像布娃娃似的反覆撞向地道的牆壁。他努力想轉動上身，眼前立刻出現煙火般的成千上萬道光芒。他痛得大喊。他的右臂沒有感覺，可能是肩膀脫臼。他費盡千辛萬苦終於站起來但無法保持平衡，而且頭昏眼花，分辨不出方向。他光著腳，這點他可以忍受。他所不能接受的，是弄丟了心愛的栗色平底軟鞋。

「喂！」他在黑暗中呼喊。

他在地下層，但不是在下水道裡，這點他敢確定。大水可能將他帶到任何地方。羅馬的地下層充滿了地質學和歷史上的驚喜，其中有些從來沒被人發現。想到自己可能會葬身在地下五十公尺、某個該死的朱庇特神廟裡並沒有讓他比較振奮，即使他可能是幾千年來第一個踏進此處的人類也一樣。這個念頭逗得他大笑出來——雖然他的肋骨痛得要命，他依然笑得很大聲。他想像有朝一日，考古學家在這裡看到他會是什麼表情。他們一定不懂一個身穿淺灰色西裝打著藍色領帶的木乃伊在這地方做什麼。我最後可能會被送進博物館，維塔利警探自言自語。

大笑對他有好處。既然我還活著，何妨打出最後一張牌。

他想走幾步試試看，不料一開始就絆倒，臉撞到堅硬的地上，這讓他差點連髒話都飆出來。他嘗試擺脫絆倒他的物體，卻發現腳踝上纏了不知什麼東西。好像是蛇。他往後跳，但那條蛇沒有鬆脫。最後他終於鎮定下來，鼓起勇氣伸出還能動的那隻手，試著去解開。

纏在他腳踝上的不是蛇，是個皮包的背帶。

維塔利拿起皮包，拉開拉鍊開始翻。皮包裡的東西大多完好無缺，甚至還有一張沒打濕的紙。他摸到一個熟悉的東西。是警徽。珊卓拉．維加，他心想，這是她的皮包。他想起來了，稍早，自己緊緊抓住這個皮包免得被大水沖走。他衷心希望這位同事抽菸，或帶了東西好點蠟燭。

告訴我妳帶了，賤人。他的願望達成了：他摸到一只打火機。

他以左手拿起打火機，用大拇指打火。但他不是左撇子，差點就弄掉打火機。想到唯一存活的希望可能就這麼遠去，他不免開始沮喪。他告訴自己，鎮定下來。他又試了一次。這次火一點著便立刻熄滅。然而，就在那短暫的一瞬間，他看到了一個漆黑的洞穴。這裡不是神廟，而且有一股微弱的風。他稍早沒有發現，但這股風吹熄了打火機。到了第三次嘗試，他終於成功點亮打火機。手上火光微熱的溫度讓他稍感慰藉。他拿著打火機照著自己的四周。他在一條隧道裡。洪水沖破地道的牆面，找到另一個出口，沖進一處更寬廣的長廊。維塔利把打火機往下照，明白了自己身在何處。

黑暗中有兩道發亮的平行鋼條。軌道，他想，是地鐵。

他再次站起，花了些力氣沿著軌道走。他看看左邊，再看看右邊。他必須決定往哪邊走，而這可不容易，因為他可能再次遭遇沖進地鐵的大水，被埋在洪水沖垮的土堆下。他逃脫過一次溺水的命運，如果最後葬身土堆下，未免太荒謬。

他揹著珊卓拉的皮包，右手垂在身側，選擇往左邊走——那股微弱的風是從左邊吹進來的。沿路，打火機熄了好幾次。然而走了兩百公尺左右以後，他來到一個地鐵站。看牌上標示著弗拉米尼奧。他必須把自己拉上月台，於是他靠過去，左臂朝前方往上一跳。他痛苦的叫喊淹沒在回音當中。他的眼眶含淚，但肩膀也因此推回了原位。維塔利開闔幾次手掌，雖然還痛，但是可以忍耐。沒多久，他往上來到了旋轉門和售票口旁。這裡還有個沒電的飲料販賣機。這名警探迫切地想讓乾裂的嘴唇碰到飲料，即使是熱的也好。他先試著打開販賣機，接著拿皮包裡的警徽想敲破玻璃，但玻璃太厚。幸福唾手可得，然而他不得不放棄。走開前，他看到自己映在玻璃上的倒影。他半邊臉佈滿瘀青。他心想，可能要過好幾個世紀才有辦法接吻。他登上通往地面層的樓梯，結果看到了封閉車站入口的鐵柵門。幸好之前已經有人破壞掉柵門。來到外面的人民廣場上，他一眼就看到往北通往現稱里米尼[4]的弗拉米尼亞門。

[4] 舊稱弗拉米尼亞。

巨大的城牆後面是人民廣場的起點，也就是今晚暴亂的起點。然而，他現在只聽到讓人焦慮的寂靜，閃爍的火光讓一切顯得更詭魅。

維塔利穿過歷史可追溯至西元一千年的拱門。在他面前，是一整片垃圾和人類的殘骸。他想到野蠻人，但是他眼前所見一點也不像在書中讀到的，羅馬在西元五世紀遭到阿拉里克和西哥德人劫掠的場面。聖奧斯定將那場血腥的劫難解釋為神對羅馬的懲罰，因為羅馬是異教徒的首都，不願意接受天主與基督。這一次，野蠻人不是外來的入侵者，其中多數人在這裡出生長大。

疾病，他告訴自己。

護衛著噴泉和壯觀方尖碑的石獅遭到破壞。廣場上有一輛警用廂型車，維塔利記得，衝突發生時，這批員警最先抵達現場。員警放棄了這輛車，但有人踩著車爬到電線桿上。一名身穿制服的警員手腳被縛，綁在電線桿上頭。

他們將他毆打至死。

員警的容貌全毀，身上似乎沒有一根完整的骨頭，但維塔利注意到他手上的腕錶仍然在運作。*太荒謬了*，他心想。自己認識他嗎？也許吧。他們曾經在警局走廊上錯身過多少次？維塔利想說些禱詞，但是，和聖人說話從來不是他的強項。他唯一能為這些死者做的，是活下去。於是他爬進廂型車。車子的輪胎漏氣了，但他發動車子往前開，拋下警員的屍體。

他運氣好，成功地穿過橫陳在路面上的車子和垃圾桶。然而，到了威尼托街時，他不得不棄車開始步行。這條《生活的甜蜜》電影中描繪的名店街如今成了另類營地。滿地是瓶子、碎玻璃，牆壁上有塗鴉。著名的威斯汀精品酒店、萬豪酒店、博洛尼亞女王飯店等五星級豪華飯店蒙受到徹底的蹂躪，漆黑並且還冒著煙的門面後方沒有任何聲音。最後，維塔利終於來到了蟻丘碉堡的入口。蟻丘外有車輛排成的路障和武裝人員。他的右臂還痛，但他仍然高舉雙手往前走，希望不至於有人因為太緊張，看見人影就開槍。

「是誰？」有人出聲問。

「維塔利警探。」他回答。

「請確切證實您的身分。」另一個人說。

「我有警徽，但是我得上前拿給你們看。」他說的是在珊卓拉皮包裡找到的警徽。

「我說了，請站在原處證實您的身分。」

維塔利嘆口氣。要和挑剔的制服員警講道理不是件容易的事。

「我是犯罪統計中心的組長。」他差點笑出來。

另一頭沒有出聲，顯然是在確認。

「好，您可以過來了。」對方說：「但是請舉高雙手。」

蟻丘的醫師為他看診。他身上有幾處小傷口和多處擦挫傷，另外顴骨也裂開。為小心起見，醫師幫他包紮臉部，給他一盒止痛錠。

維塔利在診療室的浴室裡洗過澡，有人拿了一套乾淨的衣服給他，包括一條牛仔褲、一件馬球衫和一雙看起來剛從過季品店找出來的愛迪達球鞋。他甚至成功地請人為他端來冰涼的飲料，他一邊享受，一邊想著地鐵站裡那台停電販賣機裡儲藏的罐頭飲料。他吞下兩顆止痛藥，但他寧可放棄一切，只希望來點古柯鹼。

精力恢復後，維塔利開始工作。說不定珊卓拉．維加和她沉默的友人在地道裡送了命，但任何事都有可能發生。

到黎明還剩幾個小時，維塔利必須利用這段時間來阻止疾病蔓延，超出城市範圍。惡劣的天氣和停電讓疾病更容易傳染，但這兩個條件基本上也是阻止疾病擴散的利器，就像強制隔離一樣。

他想知道珊卓拉．維加涉入多深，或者，至少知道她對這件事有多清楚，於是他開始翻她的皮包。他找到在地鐵站裡摸到的那張紙。他攤開紙，發現那是一張清單。

犯罪手法：古早使用的折磨刑罰。白色帆布鞋（馬庫斯和葛達主教）。黑色聖餅（毒蟲）。

藍色圈環刺青：月蝕教派。無辜者的獻祭。

停電：利奧十世。

神秘筆記簿。

托比亞．佛瑞。

清單最下面加上一行字總結：

意外事件：馬庫斯短暫失憶。

「馬庫斯。」維塔利低聲讀出這個名字。

他想起那個流鼻血的男人，而且沒錯，他穿著一雙白色帆布鞋。現在他知道男人的名字，而且有短暫失憶的問題。他必須查出他是誰。

這張清單讓他推斷出另一件事。這兩個人知道「主教」的身分。維塔利看到阿圖拉・葛達的名字時非常驚訝。他曾經猜想過誰會是月蝕教派中這個神秘人物，但他從來沒想過「主教」真的是教會裡的人。

他不曉得他們是不是也查出了「玩具工藝師」的身分。但他最感興趣的是「煉丹師」。清單上沒提到「煉丹師」，但卻提到了一本神秘筆記簿。如果他能拿到手，說不定可以揭開謎底。或者，也可能不行。

在他左思右想時，一名警員來找他。

「大老闆找你去他的辦公室。」

迪吉奧吉局長和阿爾伯堤處長正等著他，兩個人的臉色都很沉重。

「警探，請坐。」阿爾伯堤請他坐下。

維塔利挑了正對辦公桌的位子坐下，辦公桌上攤放著一張羅馬地圖。

「我們有好消息，也有壞消息。」

「先講好消息吧。」維塔利說：「悲慘的消息已經夠多了。」

「我們成功控制了反叛分子的暴動。」

維塔利心想，「反叛分子的暴動」似乎不是恰當的說法。但他沒有明說。

阿爾伯堤指著地圖上一個地區。

「我們估計反叛分子大約有一千人。他們在人民廣場突襲成功，是因為我們沒預期會有那麼猛烈的攻擊。他們接著從人民廣場前進奧勒良城牆和賈尼科洛城牆。」

「台伯河幫了大忙。」迪吉奧吉補充道：「台伯河讓他們沒辦法越過羅馬的老城中心區。」

「我們談的是十五公里平方大小的區域，八萬五千名居民。」

維塔利研究地圖。

「好……現在把壞消息告訴我吧。」

「他們藏身地道，不時伏擊我們的人手，許多警員都受了傷，甚至有人殉職。」

維塔利想說，我知道。他在地道裡和其中三個正面衝突。

「我在想，我們原來可以避免今天晚上的衝突。」局長說：「您警告過我們，但是我們沒聽。」

維塔利聳聳肩，一副事不關己的樣子。

「月蝕教派一直在等待破壞的機會。羅馬下次月蝕的時間是在六年後，於是他們抓住了停電的機會。」

「我們首先要向您表達歉意。」處長說：「現在，您必須告訴我們該怎麼阻止這件事。」

維塔利想了想。

「我聽說軍隊要進城來。這樣吧，告訴士兵，只要遇到眼神渙散無神的人就直接開槍。」

「您瘋了！」局長大聲喊道。

「您不懂，是嗎？」維塔利好笑地搖頭。「您一直待在碉堡裡，但是我呢，我去外面跑了一趟，見識到毀滅的力量。您堅稱情況已經在掌握中，但是要告訴您，事實上，外頭已經失控，時間開始倒數了，做什麼都無濟於事。」

局長一拳敲向桌面。

「一定有方法的！」

「我今天殺了其中四個。」維塔利絲毫不擔心後果，他承認：「第一個想搶我的皮夾。我向您保證，我沒別的辦法。『煉丹師』太強大，他會殺得我們措手不及。」

「難道沒有解藥嗎？」迪吉奧吉失去了耐性。

「就算我們成功研究出解藥，吃下黑色聖餅的人也絕不可能清醒到自己去醫院尋求治療。」

「那麼，您有什麼建議？」阿爾伯提問道。

「在最好的假設下，是讓時間解決一切。過去，疾病的威力會隨著時間而消滅。」

「最糟的情況呢？」

「開始認真禱告。這次不一樣了。我有種感覺，這次的黑色瘟疫進化了，雖然我不知道那些混蛋受了什麼影響，但他們變得更暴力。」

他又想到地道裡那三個人，以及他們在手電筒熄滅後撲向珊卓拉和馬庫斯的樣子。

「我們必須活捉一個回來檢查，看我有沒有搞錯。」

兩名長官面面相覷，沒有說話。

「還有另一個問題。」處長說。

維塔利已經數不清這是第幾個壞消息了。

「什麼問題？」

「新聞稿。」

維塔利還來不及要求解釋，處長便先開了口：「在沒有手機、數位收音機和電視的情況下，市民回頭用過去的方式，例如用電晶體收音機來接收新聞。」

他從口袋裡掏出一台數位錄音機，放在桌子上。

「我們會注意到，是因為調幅頻道干擾到緊急通訊頻道。」

「您在說什麼？」維塔利問道。

「有人透過收音機散布恐慌，連我們的人都聽得到。」

處長啟動收音機。有個男人用溫和的語氣說話，聲音蓋過了雜訊。

「請注意：這是新政權的第一份新聞稿。我們已經攻下羅馬，羅馬在我們手上。執法者和警力已經投入我方陣營。我們在此敬告想進入首都的軍隊，請你們遠離此地，這個城市屬於我們。如果你們越過神聖的邊界，你們永遠不可能回到家人身邊，再也見不到你們的孩子、妻子、丈夫或未婚夫、未婚妻，你們的父母會為你們哭泣……羅馬人民請注意，教宗已經潛逃，天主教會沒有領袖。梵蒂岡的圍牆倒塌，我們攻陷了西斯汀教堂。改信幽影之主，上街殺掉那些膽敢反對你們的人。任何不服從的人都是月蝕教派的敵人。」

處長停下這段錄音。

維塔利直視兩位上級。

「你們在開我玩笑嗎？」

「我寧願是。」迪吉奧吉回答。

「真的會有人相信這東西？」

「二〇〇六年在印度孟買，謠傳海水突然變成淡水。成千上萬的民眾衝到岸邊去喝水，相信自己見證了奇蹟。」

「實際上呢，那是怎麼一回事？」維塔利看不出這有什麼關聯。

「集體心因性疾病。」他的長官解釋道：「海水的味道從來沒有變化，但那些人相信有。」

「是妄想嗎？」

「您要這麼講也可以。事實上，您剛聽到的胡言亂語可能會造成類似的效果，因為民眾才剛經歷過艱難的考驗就聽到這些話。他們想助長恐慌，引發混亂。」

「軍隊不會進來嗎？」維塔利問道。

「當然會。軍方再過不久就會開進羅馬。」處長確認。「但是後勤指揮部的將官們想知道自己會面對什麼狀況。基本上，這會是義大利領土上在戰後最大型的行動。」

「那我們呢，在這期間，我們要做什麼？」

「只剩下您了，警探。」局長把手放在維塔利沒有受傷的肩榜上。「您的任務是回到外面，找出發訊地點並且停止傳送訊息。」

「您真的覺得這樣就夠了嗎？」

「我們必須讓這些瘋子和所有其他人知道我們還有能力反應，否則，等後援到達時，他們只會看到屍體和廢墟。」

「好。」維塔利想了想，接受了任務。

「我們會調派六個人給您，讓您安全執行任務。」迪吉奧吉保證道：「我們會分派足夠的武器和車輛給你們，好找出那個該死發訊者。」

「不必了，謝謝。」維塔利回答：「我一個人去就好。」

13

他們騎著摩托車回到接力賽小屋。

他們不可能把行李箱一起帶走，於是把東西託放在旅館的門房處。離開歐羅巴旅館時，珊卓拉和馬庫斯緊緊掌握住一個重要的推論：這個行李箱是物證，證實經過了九年，托比亞・佛瑞還在人世。儘管如此，讓人費解之處，是為什麼行李箱裡只有那麼幾件衣服？在孩子每個年齡時一件？這個行李箱的整理方式，像是要傳達某個訊息。

更精確地說，是這個訊息：「托比亞還活著，去找他。」訊息要傳給誰？為什麼要這麼做？

克里斯匹警司也許可以協助他們找出答案。回舊總督府街的目的就是為了和他對質。

「去問妳的朋友。」馬庫斯說：「看他知不知道什麼內情，還有，不要心軟。我認為月蝕教派的成員之所以還沒殺害托比亞，背後一定有個確切的原因，但今天晚上可能是動手的好時機。」

「你不一起來嗎？」珊卓拉問道。

「我有事要辦。」他答道，接著把兩支衛星電話其中一支遞給珊卓拉。「誰先有消息就先聯絡。」

「好。」

馬庫斯檢查摩托車的油表，確定油量還夠。

「什麼事那麼重要？」珊卓拉喊道，她不希望馬庫斯就這樣丟下她。

「我得去找一本書。」馬庫斯回答。

接著，他騎著車遠去。

爬上庇護所時，珊卓拉納悶地猜想馬庫斯想說什麼。他指的是哪本書？他在想什麼？來到門口時，她伸手敲門，因為克里斯匹把門反鎖了起來。她沒聽到回應，於是更用力敲了一次。他可能睡著了，但她不相信。她掏出手槍，朝門鎖開了一槍。

門打了開來。

她拿著手電筒往裡頭照。屋裡看來很安靜。揉成一團的空菸盒就扔在熄滅的火爐邊。

「克里斯匹，你在嗎？」她拿著手槍瞄準前方，邊走邊喊。

她檢查了廚房和浴室，但警司不在裡面，但是她看到一扇鎖住的門。這次，珊卓拉沒有敲門。朝門鎖開槍後，她一腳踢開門。

一片灰色的煙霧朝她撲了過來，她開始咳嗽。極細的灰塵飛入她的眼睛，刺激得她滿眼是淚，但是她仍然看到了躺在地上一動也不動的克里斯匹。她先用厚帽T的袖子遮住口鼻才走進去。

克里斯匹俯趴在地上，手上還抓著蠟燭。珊卓拉將他翻過身，他還活著。

她雙手穿過他的腋下，將他拖到走廊上。灰塵像好奇的幽靈跟隨著他們飄動，似乎還可以讓他們兩人窒息。菸灰，她心想。但怎麼可能？她伸手探向克里斯匹的口鼻，他的呼吸微弱。她必須讓他的呼吸道暢通。她跑到廚房找水。水龍頭流出來的是泥水。當她在廚房裡找瓶裝水時，她想起古羅馬人用來讓犯人吐實的一個方法。他們把犯人關在地上佈滿灰燼的房間裡，一直到他們說話後才放出來。灰燼非常輕，很容易吸進體內，然後快速地緊密堆積在肺部，受到折磨的犯人沒有任何機會逃過一劫。事實上，就算犯人吐實後被釋放，幾天後也會因為呼吸道阻塞而身亡。

折磨，珊卓拉心想。對克里斯匹這樣有菸癮的人而言，這像是報復。恐懼勝過其他焦慮的情緒。一一殺害月蝕教會成員的兇手竟然能來到這裡，給克里斯匹設下圈套。他是怎麼辦到的？

她拿著瓶裝礦泉水回來，倒進克里斯匹的嘴巴，他咳了出來。但他張開雙眼看到了珊卓拉。覆蓋在他臉上的菸灰被淚水糊住。克里斯匹舉起手，用沾了菸灰的指頭在身邊的牆上寫下兩個字：

勒索。

珊卓拉發現他想說話但說不出來。

「我們發現托比亞還活著。」她低聲告訴他，認為警司想說的是這件事。

克里斯匹點點頭。

「你知道他這幾年都在哪裡？」

他搖頭。

「那你想說什麼？」

克里斯匹試著說話，然而什麼聲音都發不出來，而且呼吸困難。他再次抬起手貼向牆壁，這次他草草畫了一個圖。

他畫了一個奇怪的太陽，畫法相當幼稚，但太陽的光芒並非向外射，而是朝圓心放射。

「我不懂！」珊卓拉憤怒地大喊。「這究竟是什麼意思？」

克里斯匹的目光看向上方，以此作為所有答覆。他的喘息聲轉變成喉嗚，接著胸腔停止起伏。珊卓拉久久看著他，最後輕輕撫過，為他闔上雙眼。

先是勒索，接著是光芒朝圓心放射的太陽，她默默做了總結。但是她沒有時間去思考訊息的內容。公寓不再是安全的庇護所。她必須離開，而且是立刻就走。

14

安吉利卡圖書館的前身是奧斯定會的修院，就位在聖奧斯定廣場旁。自十七世紀初以來，修士們收藏、編目且保存了大約二十萬冊的珍貴書籍。馬庫斯記得這裡是歐洲第一個對公眾開放的圖書館。然而，來到建築物入口，他卻停下了腳步。

台伯河的洪水帶著泥漿沖進前廳，一直淹到閱覽室——也就是凡維特里亞諾廳，這個閱覽室以十八世紀重建整幢建築的建築師命名。擺在下面幾層的藏書泡成了灰色紙漿。這上百本藏書具有無法估算的歷史和藝術價值，如今已經無可挽回，桌椅和書本就這麼漂浮在滿廳積水中。

逃過一劫的，只有存放在特別隔間裡的貴重古卷。

馬庫斯熟知進圖書館的密碼。他經常來這裡閱讀惡之起源的書籍，這些書當中，有些曾經是好幾個世紀的禁書。看到安全系統的電池仍在運作，他鬆了一口氣。

他走進存放古卷的小廳裡，這裡頭配備完美的濕度控制，不至於太潮濕或太乾燥。通常來借閱這些古卷的學者會戴上白手套翻閱這些有許多小圖的頁面，免得造成損壞。但馬庫斯沒有那種時間。他動手尋找寇尼尤斯．凡．布倫和他上次見面時提到的書。

老普林尼的《博物志》。

他找出《博物志》，用白色麻布將書包起來。雖然答應了寇尼尤斯，但馬庫斯本來不打算把如此珍貴的人類遺產交給那個怪物。他原來準備讓寇尼尤斯隔著欄杆欣賞這本書，然後將書本歸回原處。但是，在過去幾小時間，一切都不同了。如果犧牲一本書可以拯救羅馬，還有，更重要的是可以拯救一個孩子的性命，那麼他可以接受。

他把仔細包好的書放在摩托車的油箱上，就在他和把手之間。接著發動車子離開。到目前為止，他一直是靠艾里阿加的協助才得以進入梵蒂岡。但這次絕對更困難，軍隊和瑞士衛隊守住梵蒂岡所有出入口，阻止陌生人進入這個迷你國家。

但馬庫斯有其他方式。

博爾戈高架通道位於利奧城牆上，連接梵蒂岡城和聖天使堡。實際上，這道拱橋是讓教宗能在遇到危險時來到聖天使堡。馬庫斯反方向進入梵蒂岡內部的花園。他穿過樹林，來到基督的寡婦隱修院門口敲門。

修女為他開門，和平時一樣，靜默地陪著他走到隱修院秘密客人的牢房。馬庫斯注意到這位修女不是上次那位。她們雖然都穿著同樣的黑色長袍又遮著臉，但她們的鞋子不同。這次他看到的不是繫到小腿的短靴，而是黑色拖鞋。

馬庫斯把頭探進欄杆，看到在一片漆黑中，寇尼尤斯躺在行軍床上。

「別擔心，我醒著。」寇尼尤斯說：「年紀越大，我睡得越來越少，白天變得長到難以忍受。看到你來提供我一些娛樂真好。」

馬庫斯伸長手穿過欄杆，把古卷遞給他。

「我答應你的事做到了。」

凡．布倫站起來，因為驚訝而雙眼發亮，把書接了過去。

「我簡直不相信。」

他回到床上，把東西放在腿上，接著拿出包在白色麻布裡的古卷，全神貫注在這本珍藏本上。

「多麼珍貴啊，真是奇蹟！」

他翻開手縫的皮革封面，翻閱內頁精美稀有的縮圖，手掌輕輕拂過頁面。

馬庫斯也看到了頁面上的繪圖和金色邊框，但這不是他來這裡的目的。

「你的幸福是我的心靈良藥。」他諷刺地說：「不過，我來這裡，是為了要求我的權益。」

凡．布倫的目光終於離開書本。

「把你知道的新資訊告訴我，我會幫你的忙。」

馬庫斯敘述過去幾小時的情況。他決定鉅細靡遺地說出來，考慮到羅馬和托比亞承受的危險，他沒辦法冒險跳過任何細節。

「這麼說，過了九年，孩子還活著。」聽凡．布倫的語氣，這個連續殺人犯好像還真心覺得這是好消息。

「但是我擔心他可能沒剩下多少時間了。」馬庫斯承認。「我認為他們想在今晚殺害那孩子。」

「你為什麼會這麼想？」

「我不知道，但月蝕教派可能想透過殺害無辜生命的獻祭，來讓今天這個極具毀滅性的日子神聖化。」

寇尼尤斯沉思著。

「修女的兒子是非常有力的象徵。」他說。

「就是因為這樣，我才必須阻止『黑影大師』。但是要找到他，我必須先找出『煉丹師』。」

「要知道這號人物的角色，必須先瞭解月蝕教派的動態和儀式，你說對吧？」

「克里斯匹警司是教派成員，他提起過成員透過某種儀式接受指示。他說，在儀式中，這些信徒會穿上黑色長袍戴上面具。」

寇尼尤斯把書放在床上，就擺在他身邊，然後伸手理理白色的鬍子。

「面具不止一個，『煉丹師』一名。」他重複馬庫斯的話。「尼可萊和潘卡．西斯曼。」

「『煉丹師』是兩個人？」

「拜託，等一下。我還在思考，但我現在只想得到這個故事。」

「說來聽聽。」

「西斯曼家族是保加利亞公國的親王家族，幾個世紀前，為了躲避鄂圖曼土耳其人對基督徒的迫害而來到羅馬。一八七〇年，教廷被剝奪世俗權力，僅轄梵蒂岡後，他們仍然效忠教廷。但是在一九六八年，保祿六世頒布諭令，結束梵蒂岡宮廷和貴族制度，把這些制度視為不切實際的歷史遺產。當年為了效忠羅馬教廷而流亡的西斯曼家族認為自己受到冒犯和羞辱，於是和其他貴族聯合組成所謂的『黑色貴族』。這個小團體的成員有貴族血統，以恢復過往傳統和自己的特權為己任。」

「這和你提到這兩個姓西斯曼的人有什麼關聯？」

「尼可萊不顧家庭反對，娶了潘卡為妻。潘卡只不過是個老師，卻因此得以冠上西斯曼的姓氏……潘卡是個活力十足的女人，常在歷史地標的羅馬大宅裡舉辦著名的化裝舞會，賓客必須佩戴面具。而尼可萊是個沉默寡言的傢伙，一心只想研究科學。為了激怒雙親，他還取得了化學碩士學位。」

馬庫斯明白了。

「潘卡的面具，而『煉丹師』是化學家。」

「這段歷史中還有一個你應該知道的故事，事情發生在七〇年代前後。」凡．布倫垂下雙眼，說：「潘卡．西斯曼很年輕就生了一場重病。她丈夫帶她走訪名醫，但醫生都束手無策。於是尼可萊決定自己治療妻子。他環遍世界尋找某種能帶來奇蹟的藥材，用來製作各種藥水讓他可憐的妻子喝，其中有些是他自己的研發成果。他不願意接受事實。但接著，在九月的某一天，潘卡過世了。尼可萊的雙親告訴兒子，說上帝終於重建了公平正義。」

「發生了什麼事？」

「尼可萊放棄了信仰。他繼續舉辦化裝舞會，但目的不同了。他要求賓客出席巫術和招魂儀式。他有個執念，想要和死去的愛妻取得聯繫。」

「這段故事和月蝕教派有什麼關聯？」馬庫斯問道。

寇尼尤斯看著他。

「為了愛情，你願意付出什麼？」寇尼尤斯刻意挑釁。

突然被這麼一問，馬庫斯沒有回答。

「你會願意把自己的靈魂賣給幽影之主嗎？」寇尼尤斯笑著問：「活在誘惑中的可憐神父？」

馬庫斯只想進去牢房裡揍他一頓。

「開點玩笑你別介意。」隨後，老人又恢復原本認真的神情。「剛才你說了一句話，你沒發現自己背後的含義……你說，克里斯匹警司提到月蝕教派成員聚會時，大家會穿黑色長袍戴面具。是不是這樣？」

「沒錯。」

「你想想，要辨認一個從頭蒙到腳的人，還是有方法的。」

馬庫斯嚇了一跳。他想到每次陪伴他來看寇尼尤斯的基督寡婦。因為她們的鞋子，他才得以辨認那些修女。

看到學生頓悟，寇尼尤斯很滿意。

「如果大家都穿相同的鞋子，就不會被認出來了。」

馬庫斯心想：白色帆布鞋。這就是克里斯匹看到他的鞋子會那麼驚嚇的原因。葛達主教有一雙一模一樣的鞋子。那麼，事情只有一種解釋。

「被我忘得一乾二淨的案子……我離真相不遠。所以，我在圖里亞諾監獄醒來後，我的衣服旁邊才有那雙該死的鞋子。」

在那之前發生了什麼事？也許他早已解開謎底。無論怎麼說，他反正都忘了。

寇尼尤斯看到他的表情，說：「你應該學習怎麼好好隱藏心裡的憤怒。」

但馬庫斯不想繼續聽老神父說教。

「如果尼可萊．西斯曼是『煉丹師』，我要去哪裡找他？」

凡．布倫輕撫珍貴的《博物志》。

「就在他妻子過世後他隱居的地方。」

15

珊卓拉漫無目的地走在維托里奧・埃馬努埃萊二世大道上，四周一片荒涼，只見破瓦殘礫。台伯河水帶來的泥水發出惡臭，讓她反胃。

她不敢打開手電筒，怕殺害克里斯匹的人會看到她。比起對漫長又難以忍受的折磨，死亡還沒讓她那麼恐懼。她試著用衛星電話聯絡馬庫斯，想告訴他克里斯匹的遭遇，以及自己已經離開了接力賽小屋。但是該死的電話就是無法接通。*你在哪裡？你在什麼地方，怎麼連衛星電話都接不通？*她擔心壽命早已不長的電池會完全報銷。

她告訴自己，*我晚點再試。*

她應該要遠離街道才對。她躲進小谷聖母堂，這座教堂有個更知名的名稱：新堂。教堂裡空無一人。珊卓拉穿過中殿，走到祭壇前面。她點亮壇上一根許願蠟燭，拿著蠟燭緩步在祈禱室之間走動。藏在羅馬小角落裡的寶藏數量多到讓人咋舌。在這教堂裡，她身邊陰暗處有魯本斯的作品，天花板上是皮埃特羅・達・科爾托納的濕壁畫。珊卓拉停在為觀光客設置的資訊布告欄前面，這才發現這座教堂也有讓人不安之處。小谷聖母堂的地理位置在從前戰神廣場的邊緣，正好就在一處洞穴上方，而在古時候，這個洞穴會冒出顯然是活火山殘留下來的硫磺氣體。因此，古羅馬人把這個地方視作地獄之門。珊卓拉邊讀邊打哆嗦。她在聖人雕像仁慈的注視下繼續漫步，試著把注意力放在克里斯匹過世前透露的訊息上。

勒索。

馬庫斯和她也質疑過，放在歐羅巴旅館的行李箱裡為什麼只裝了托比亞．佛瑞的十件衣服——從他被綁架那年起一直到十二歲，一年一件。行李箱傳達了一個訊息。月蝕教派想讓某個人知道孩子還活著。

但那個人是誰？

不可能是孩子的母親。瑪蒂德．佛瑞並不富有。她有古典文學碩士學位，但她必須當清潔婦來維持生計。此外，她還受人排擠。九年來，她承受著惡劣毀謗的壓力，外人指責她，認為她必須為兒子的失蹤負責。而且她本來是修女，卻違背了誓言，此外，她是未婚媽媽。而他們見面時，她還隱約提到虐待。

「我記得自己去參加一場節慶，當時的我不是平常的自己。一個月後，我發現自己懷孕了。你們可以想像那種驚嚇嗎？我才剛滿二十三歲，對生命一無所知，更別說怎麼養孩子了。在那之前，我一直活在世界之外。」

那可能是一起性侵事件，而瑪蒂德之所以逃避這個主題，是因為她儘管是受害者，卻仍然覺得羞恥。珊卓拉心想，這或許是來自瑪蒂德受到嚴格的天主教教育，或是在修院受到了洗腦。

以上種種，都排除了瑪蒂德受到勒索的可能。

珊卓拉沒辦法解開第一個謎，只好把注意力轉移到第二個謎上。克里斯匹畫了一個奇特的太陽，光束射向圓心。笨蛋！那不是太陽，那個教派的信仰是月蝕。

「光束射向圓心的月亮。」她低聲說。

說來奇怪，她覺得這個圖像很熟悉。她在哪裡看過？她相信答案就在手邊。她曉得自己知道答案。珊卓拉閉上雙眼，希望能看到影像。

一個巨大的輪子。

現在，她看到清楚的影像了：遊樂園。克里斯匹想藉由圖畫指出地點，精確地說，他想指出的是遊樂園。遊樂園裡會發生什麼事？她必須跑一趟。

她不可能搞錯。遊樂園就在市郊的萬國博覽會區。

她走出教堂看著大街。她必須找個方法到城市的南邊，在沒有交通工具的情況下穿過這十公里路程。通常，如果邊走邊跑，這會花她一小時又四十五分鐘。然而黑夜和沿路可能遇到的危險讓她不得不謹慎以對。

不會少於三小時，她計算著。問題是她沒有足夠的時間。

她又試著打電話給馬庫斯。如果能告訴他，他們可以騎摩托車去。可惜她還是聯絡不上馬庫斯。

一陣宛如巨大拍翅聲的噪音響起，她抬起頭往上看。聲音越來越近，越來越大聲。惡劣的天氣來到了尾聲，救援人員得以起飛。他們用強力探照燈仔細探索災區。

他們為什麼不降落，親眼看看這裡出了什麼事？真荒唐。她心想。

不管怎麼說，那幾架直升機為她指了路。她朝台伯河岸走去，離開佈滿污泥的區域，腳下又踩到了硬實的地面。她看到路上有一輛廂型貨車，車門大大敞開。她想像車主和乘客應該是怕淹水才會棄車逃亡。她坐上駕駛座，太好了，急著逃難的駕駛把鑰匙留在鎖孔上。她為他們祈禱，希望他們安全無虞。接著，她發動車子。

她不能開大燈，但她別無選擇。

她開上加富爾橋，繞過聖天使堡，路過協和大道前方時，看到聖彼得大教堂雄偉的黑影矗立在夜色當中。沒過多久，她向右轉，來到阿梅迪奧王子隧道的入口處。這時她突然煞車，雙手緊緊握住方向盤，引擎沒有熄火。她看著眼前的黑色通道。這個黑洞裡可能藏著任何人。

珊卓拉把槍放在腿上，打開遠光燈，狠狠將油門踩到底，讓車子全速衝向隧道入口。隧道裡還有其他車輛。她判斷那些車子停在隧道裡是為了讓車流減速。這是個陷阱，但她已經沒有退路。她努力掌握所有狀況，但仍然不時嚇得發抖，以為自己看到什麼東西。她相信遲早會有人襲擊她。但是她的敵人沒有實體而是由黑影構成，只存在於她的腦海裡。*我是笨蛋*，看到隧道出口時，她心想。沒多久，她便開出了隧道。

她關掉車燈，沿著卡瓦勒傑里門路走了長長一段路，接著開上額我略七世路和牛頓路——路上沒有塞車。平常的日子裡，她曾經有多少次困在這裡的車陣中？這是羅馬人每日的路線。珊卓拉經常拿羅馬的交通和米蘭比，米蘭沒那麼亂，也比較能讓人忍受。但這一次，在穿過黑暗無光的住宅區時，她卻想念起交通阻塞和吵雜的喇叭聲。她納悶的是，不知生活會不會和過往相同。

她走瑪格里安納橋越過哥倫布路——整條公路上空蕩蕩的。接著，她在距離三泉路一百公尺處停下車。為了稍後可能會出現的逃生必要，她先把車子掉頭才停好。從這裡開始，她必須徒步前進。

往前走了十多公尺後，她就認出來了。偌大的摩天輪、遊樂場的象徵如今像個熄滅的瞳孔——和她那些敵人的眼睛一模一樣。她爬上遊樂園的圍牆，跳向另一側，落地時，雙腳踩在花壇上，周遭什麼動靜也沒有。雖然不知道該找什麼，她仍然往前走。克里斯匹來不及告訴她，但她相信自己終究會明白。

她穿過以一頭微笑大象作為造型的拱門，經過爆米花販賣部，來到了園區的主幹道。停電帶走了孩子的笑聲和歡樂的五彩霓虹燈。射擊區、棉花糖機、紀念品店全部關閉了。毛毛蟲小火車、旋轉木馬、碰碰車和紫色的自轉大章魚動也不動。然而，她卻覺得這片寧靜只是表相。珊卓拉有種感覺，這些設備隨時可能活過來。但是少了音樂和彩色燈泡，一切只不過是黑暗架構出來的機械怪物。

她來到鬼屋前面。在這個猶如墳場的遊樂園中，鬼屋是最不陰沉的景點。突然間，她聽到某種聲音，是腳步聲嗎？珊卓拉提高警覺，立刻趴向守在鬼屋門口的貓頭鷹雕像後方。時間算得剛好。兩個人影從她後面走過來，朝和她相同的方向前進。珊卓拉沒掏出手槍，她盡可能不動，屏住了呼吸。他們從她面前不到一公尺處走過，但沒有發現她。她等了幾秒鐘，才鼓足勇氣探身看向主幹道。就在這時候，她才看清楚摩天輪下的狀況。

一整排的夢遊者——這是她給他們取的名字。他們大概有好幾十個人。

他們看似等著搭乘摩天輪，準備在陰暗的夜色中繞圈。這些人完全沒有交談，臉上沒有任何喜悅的表情，光是靜靜排隊。摩天輪下有三或四個男人和兩個女人，手上分別端著一個杯子，負責接待這些夢遊者。夢遊者走上前，張開嘴巴，那幾個人把某個東西放在夢遊者的舌頭上，夢遊者隨後離開隊伍走開。

珊卓拉立刻聯想到基督徒領聖體的儀式。她心想：黑色聖餅。

「而幽影之主呢，祂會把知識還給我們。」克里斯匹是這麼說的：「當我們領取祂的聖餐時，我們相對得到了『知』的贈禮。」當初，老警司的話並沒有讓珊卓拉留下多強烈的印象，但看到眼前如此虛幻的情景，她自問這一切是否真實。

克里斯匹為什麼要我來這裡？這個問題似乎沒有確切的答案，她甚至不確定自己看到的是什麼。如果馬庫斯在這裡就好了！她可以和他討論。

她必須離開此地。她看夠了，留在這裡隨時會有危險。要回到車上，她必須走回頭路。她走得很快，但來到哈哈鏡屋的附近時，她看到鏡面反射出幾個夢遊者正朝她的方向走過來。珊卓拉在他們發現她之前立刻轉向，爬上一處小斜坡。在斜坡上，她正好可以清楚看到遊樂園的東側出入口。夢遊者便是從東門進來的。

他們或者步行，或者成群結隊。巨大的摩天輪就像個黑色燈塔，為他們引導方向。

珊卓拉轉身想繼續走，卻看到面前站著一個夢遊者。

對方頂多二十五歲。他身穿紫色軍裝外套，裡頭搭著一件骯髒的灰色背心和深色長褲，腳上是一雙戰鬥靴。這個年輕人的頭髮又長又油膩。看到珊卓拉，他似乎也嚇了一跳。好一會兒後，他才把手放在褲檔拉鍊上。

「來一炮嗎？」他用幾乎算是和善的語氣問她。

他的雙眼還沒有完全失神，但也快了，珊卓拉已經注意到其中的轉變。她大可假裝自己和他是同一陣營的人，可是他會發現她的恐懼——她確信他有那種能力。她掏出藏在運動衣下面的手槍瞄準他。年輕男人笑了。

「如果妳開槍，大家會聽到。」他指著摩天輪說。「來一炮？」他又說了一次，朝她靠近一步。

珊卓拉一把推倒他，轉頭不理他。這麼做能不能打消他的念頭沒關係，她只有一個想法：跑得越快越好。

她的心怦怦地跳，呼吸急促，因為恐慌而過度換氣。吸入過多氧氣會造成問題，這不但考驗著她的肺活量，還會讓她心跳加速，導致身體的疲憊。她告訴自己，*這樣下去，我永遠也跑不到車邊*。但是她無法逆轉情勢，她已經沒有辦法控制自己的器官。恐懼主宰了她的身體。

她聽到身後的腳步聲越跑越快。她飛快地轉頭，正好看到穿著紫色軍裝外套的年輕男人跟在後面。他的長髮飄散在陰沉的臉孔四周，宛如獅鬃。

他的速度很快，他不害怕。

眼前就是她剛才爬進來的牆了。這表示她離目標不遠，但也代表著阻礙。她必須翻到牆上，而男人可能會從下面拉住她。

我可以回頭開槍，然後，在其他人發現我之前，我會有足夠的時間跑到車邊。這個計畫不錯。她雙手抓住槍柄，轉身，瞄準，開槍。

但男人不見了。

槍聲迴盪在寂靜的遊樂園裡。該死！珊卓拉咒罵。她回頭拔腿就跑。那個男人躲起來了嗎？他是不是想出其不意地逮住她？更重要的，是其他人什麼時候會追上來？

來到牆角，她四處張望。她必須把槍收回運動服下。她狂亂地想爬上磚牆。黑暗裡沒有人伸手抓她的腳踝，她沒有感覺到任何人將她往下拉。最後她成功地把自己拉上磚牆，翻到牆外。她面前的馬路上沒有人，廂型貨車就在十幾公尺外等著她，準備帶她遠離這個地方。再加油一下就好，她鼓勵自己繼續往前跑。

她首先聽到空氣流動的聲音——彷彿有鳥飛掠而過。接著，有東西撞擊到她的腦袋右側。她不覺得痛，只是突然頭暈目眩。她來不及伸出手作為緩衝，只感覺到臉部直接刮過砂礫——柏油路賜給她的痛苦洗禮。一陣天旋地轉之後，她無法動彈。擊中她的石頭有拳頭大小，就掉在她身邊。她的手槍不見了，她完全不知道手槍掉在哪裡。最後，她慢慢地翻身躺平，看到了他。

穿紫色外套的男人站在牆上，高舉雙手，做出勝利的姿勢。

「好欸！」他得意洋洋地喊。

他很高興。

珊卓拉努力想爬起來但又跌倒，只能用雙肘撐住自己。一群人出現在馬路的遠端，好奇地朝她慢慢走過來。

珊卓拉試著往回爬。我早該立刻擊斃他的，她後悔地想，剛才在那該死斜坡上，我為什麼會猶豫？貨車離她只有幾公尺遠，但是她覺得自己沒希望爬過去。可惜了，就差那麼一點點。站在牆上的混蛋仍然在高喊，那群夢遊者還繼續前進。珊卓拉．維加知道自己沒剩下多少時間。就在爬行時，她的手摸到了左輪手槍的槍柄。她抓住槍柄，槍很重，但她成功地拿了起來。她對準牆上的混蛋開槍，絲毫不覺得自己能擊中他。沒想到她一槍命中，而且還看著他像射擊場的靶子般往後倒，消失在牆後。她想，畢竟這裡是遊樂場啊。如果可能，這個玩笑會逗得她大笑，只不過她不確定這話究竟好不好笑。槍聲一點也沒有影響到朝她走來的那群夢遊者。

他們不怕死。

她朝他們的方向隨機開槍，但一個也沒打中。有那麼一會兒，那群夢遊者散了開去，但當他們明白她的子彈已經耗盡後，又重新集結起來。

她真希望馬庫斯來拯救她，就像過去許多次一樣。他總是躲在暗處守護她。她雖然不能確定，但過去幾年來，她一直覺得自己很安全。

你現在在哪裡？

她知道，這次，她只能靠自己。而且她這麼做並不是為了他，而是為了他們兩個人。

她不再像個傻瓜似的往後爬，而是用手臂撐地，讓自己跪起來。珊卓拉吸氣，吐氣。她發現那群夢遊者停下了腳步，知道這表示他們準備攻擊她這個入侵者。果然沒錯，他們動作一致。她站起來，雖然搖晃，但幸好保持住平衡，接著，她朝車邊跑去。她伸手在口袋裡找鑰匙——剛才她為什麼要鎖上車子？終於找到鑰匙後，她按下遙控鎖的按鈕，車子的小燈閃爍，發出讓人愉快的警示聲歡迎她。不知什麼東西像雨水般朝她打來，如果她被打中就完了。但她當下沒有時間多想。

她只顧拔腿狂奔。

她跑到車邊，拉開車門跳了進去，馬上發動引擎再關上門。她聽到那群夢遊者也追了上來，聚在車子後面拍打車窗和車頂。幾個夢遊者把臉貼在車窗上，用空洞的雙眼尋找她。她打上排檔，踩下油門。當車子發出刺耳的聲音往前衝時，夢遊者汗濕的手滑過了車身，接著他們又是拍打又是扔石頭，但最後，她只聽到引擎的隆隆聲響。她甚至沒去看後照鏡。

去你的，克里斯匹。她跑這趟根本白費力氣。

16

黎明前五小時又三分鐘

西斯曼宅邸位於蓋塔路，距離科索爾大道和多利亞．潘菲利美術館只有幾步之遙，就在羅馬的古城中心。這座宅邸排名在羅馬貴族最美最神秘的豪宅之列。

蓋塔路的名字源自一隻大理石母貓❺，母貓石雕最早在伊西斯神廟被人發現，後來放在一幢十六世紀興建的宅邸上。這隻母貓帶來兩個傳說。第一個傳說是這隻貓的目光凝視著藏寶地，但從來沒有人發現過寶藏。第二個傳說，是有個男孩搖搖晃晃地爬到屋簷上，幸好母親聽到貓叫，孩子才免於從高處跌下的命運。

馬庫斯想到托比亞．佛瑞。他能夠拯救托比亞，讓他免於墜入月蝕教派的深淵嗎？他破壞從前柴房的鐵柵欄進入大宅，來到過去的廚房，接著爬上狹窄的旋轉梯。二樓只有僕人房，於是他繼續爬到所謂貴族樓層的三樓，穿過一扇僕人專用、以濕壁畫裝飾的暗門走進廳裡。

大宅裡一片漆黑，安靜無聲。

馬庫斯確定尼可萊．西斯曼——也就是「煉丹師」——躲在屋裡的某個地方。他能感覺到他宛如不祥預兆的存在，因此，在開始找人之前，馬庫斯先跪下來閉上眼睛。劃了十字聖號後，他低聲禱告：「天主，請賜予我察覺罪惡的力量，以將其驅離這個世界。請確保我目光不受污染，聽覺完整，行動坦誠。特別是，請確保我在尋找真相時保持心靈純潔。請賜予我觀看的能力，讓祢謙卑的僕人能夠以祢之名完成責任。請保護我免於受到罪惡的黑暗威脅。阿門。」

隨後，馬庫斯張開雙眼。

和往常相同，他的第一個感覺是周遭的世界改變了。空無一人的空間變了，多了一層厚度，彷彿發生變化的液體。時間開始拉長，變慢。另一個嶄新的、更危險的面向加了進來。

聖赦神父的責任是探索這處深淵。

他聞到薰香和蠟燭熄滅後的味道，於是循著氣味穿過大宅，穿過一個用一個彷彿永遠走不到盡頭的沙龍。他看到古家具、中國綢緞、絲絨、壁毯，以及以巴洛克風格豪華外框裱褙的畫作。馬庫斯感覺得到，蛀蟲已經破壞了木頭和貴重壁毯的內部。儘管外觀華美，一切可能隨時崩塌，就像荒誕舞台的後台一樣。

他走進一間放著四柱大床的臥室。臥室角落裡的化學實驗室如今用塑膠布蓋了起來。他掀開塑膠布，看到試管震盪器、色譜儀、蒸餾器。在精密天平旁邊甚至還有鋸齒狀凹槽蒸餾管、漏斗、移液管、載玻片和顯微鏡等。他想起西斯曼絕望地幻想治癒重病的妻子，這個實驗室有一切

❺ 母貓義大利原文為gatta。

必要的儀器。

他注意到架子上放著一個透明的粉紅色玻璃瓶，看似女用香水，但上頭的標籤寫著苯丙氨乙茶鹼。把瓶子放回原位時，馬庫斯看到房間的另一側有扇小門。

馬庫斯走過去，伸手輕輕推開推門。門後的小房間裡放著一張床和一座上了白色亮光漆的衣櫃，牆壁貼了天藍色的壁紙。窗前的小桌上擺著幾本書和一個算盤。此外，房間裡有搖擺木馬和附軌道的木頭小火車，架子上有一排錫製小兵，另一個架子上放的是白鐵小汽車。馬庫斯還看到一隻玩偶熊和一個機械小丑，上了發條後，小丑會開始打鼓。

他想起「玩具工藝師」的收藏。寇尼尤斯沒提及西斯曼夫婦是否有孩子，但這些東西顯然來自尼可萊的童年。當他轉身準備離開房間時，視線正好落在門框上。

違常之處。

門邊有刻痕。每個刻痕旁邊都標注著身高，和瑪蒂德．佛瑞家廚房的刻痕一樣，只不過後者停留在九年前，孩子失蹤中斷的習慣成了哀傷的證物。相反地，現在，在馬庫斯眼前的數字從五月二十三日開始，一直到幾天前才停止。

托比亞在這裡。這是他的房間。

他想像一個困在逝去時光的小男孩，被迫在巨大的宅邸中與一名因痛苦而瘋狂的男人共同生活。這個憂鬱的孩子透過大窗看著外面改變中的世界，但沒有人看得到他。

馬庫斯為他心疼。接著，他繼續上四樓探索。

這次，他走的是宅邸的大樓梯。首先映入他眼簾的是深灰色牆面的大廳，這個空間被當作更衣室使用，壁櫥裡掛著黑色長袍。不遠處有座大鞋櫃，裡頭沒有任何東西。

馬庫斯默默記下每個細節。也因此，當他毫無心理準備地走進第二間廳室時，眼前的景象讓他看得目瞪口呆。這近乎虛幻的景象更像清醒的夢魘。

黑暗中，好些人影正等著他。

好幾排人影在他身邊圍成一個半圓形，他們的頭上戴著奇特的裝飾，有的是獨特的幾何形狀，有的像是尖角或羽飾。

他們動也不動地看著他。

馬庫斯覺得全身血液瞬間冰冷，然而他仍然朝人影走過去。這些影子不是人，而是插在木樁上、矗立在底座上的人類軀體。

是人形模特兒。

人形模特兒的頭上戴的是文藝復興時代的精美面具。

他在這場陰森的化裝舞會中走動。

這些面具的材質有紙板，也有陶瓷或木料。除了蕾絲外，有些以青金石、彩色寶石，或者是孔雀和異國禽鳥的羽毛作為裝飾。面具的鼻型各異，有長有尖有秀氣；眼型或大或像貓眼，但是沒有眼球。面具最上方有的是大花冠，有的則是誇張的頭飾。

馬庫斯離開面具廳，走進大宴會廳，看到舞池上垂掛著三座水晶燭台。

其中一座燭台下掛著一具人體。

那是個六十來歲的男人，頭朝下，單一隻腳掛在燭台上。綁住他右腳踝的繩子讓他慢慢旋轉，轉了一圈後，反方向又轉回來。屍體下面放著一雙白色帆布鞋，而屍體則穿著一雙黑鞋。

馬庫斯認得那雙鞋：是他自己的。

馬庫斯沒有錯過這樁謀殺案的諷刺之處。原來他的鞋子在這裡。原來這就是這天凌晨在圖里亞諾監獄，他會在自己衣服旁邊看到一雙白色帆布鞋的原因。

儘管如此，他不得不承認「煉丹師」尼可萊受到的折磨，比雙手上銬被關起來餓死更慘。他眼前看到的，無疑是任何人可能想像出來最簡單但最殘酷的折磨。人類巧妙的生理機制讓血液騙過地心引力，由下往上循環，但以這個姿勢度過兩小時之後，血液會大量往人腦集中，一開始，這會讓人感覺陶醉，但隨之而來的，是伴隨著眼前出現強烈炫光的偏頭痛。四到六小時後，依每個受害者的忍耐度不同，腿部肌肉會開始撕裂，骨頭會脫散，無法支撐長時間以不自然姿態倒掛的人體重量。這期間，受害者一直處於痛苦的狀態中。大約十二個小時後，受害者會進入最可怕的第三階段，這時候，所有內臟開始偏離原來的位置，擠向胸骨下方的胸腔底部。互相壓擠的器官，就像蜂擁衝向隧道出口的人群。然而，死亡必須等到心臟衰竭，終於爆裂時才會到來。

馬庫斯想吶喊出心裡的憤怒。他找到了「煉丹師」和拘禁托比亞的地方，但孩子卻不見蹤影。是兇手把孩子帶走了嗎？又或者孩子在月蝕教派的領袖——「黑影大師」——的手中？馬庫斯沒有任何線索可以解謎。如果說，兇手就是「黑影大師」呢？

不對，他告訴自己。他還有疑問。

這時，既然已經沒必要置身在黑暗當中，他打開手電筒照向尼可萊．西斯曼，因為他想看尼可萊的臉孔。被倒吊的死者睜大眼睛回看馬庫斯，舌頭從打開的嘴巴裡伸出來，彷彿扮著粗魯的鬼臉。馬庫斯注意到屍體後方的牆上有幾幅裱框照片。他走過去研究。

牆上掛的是昔日化裝舞會的黑白照片。男女賓客分別穿著正式禮服和晚宴洋裝，戴著文藝復興時期的面具，混合著時代與風格的愉快氛圍十分生動。一些賓客在桌邊抽菸，穿著制服的領班為另一些客人倒香檳。大家的表情都十分開懷。馬庫斯想到潘卡．西斯曼舉辦的宴會。這些晚宴顯然是她精心策劃的作品。

接著，照片的氣氛突然徹底轉變。

歡樂的氣氛消失；黑色長袍取代正式晚禮服，白色帆布鞋換掉了閃亮的高跟鞋。面具後方的眼神變得空洞無神。這個變化不難瞭解，潘卡過世了。宴會不再相同，嘉年華轉變成月蝕教派的黑暗儀式。

寇尼尤斯提到尼可萊在妻子死後的改變時，曾經說：「他要求賓客出席巫術和招魂儀式。」這個變化顯而易見。純真歡樂的宴會演變成扭曲的異端教派聚會。狂歡縱慾的場景中點綴著神秘的符號。某些照片上還出現了動物，包括羔羊、黑狗、烏鴉和貓。

馬庫斯的視線停在一張多年前的照片上。在一圈戴著面具的信徒中央站著一名赤裸的少女。

她的軀體青春又柔軟，而她的臉孔沒有遮掩。

「我記得自己去參加一場宴會，當時的我不是平常的自己。一個月後，我發現自己懷孕了。」

瑪蒂德・佛瑞的話依然迴盪在馬庫斯的耳邊。但照片上的少女不像失控的樣子。相反地，她主導整個場面。她擺出挑釁的姿勢，對著鏡頭眨眼。

當馬庫斯看到少女小腹上的藍色圈環刺青時，他默禱：「天主啊，請祢拯救我們。」

那名前任修女是月蝕教派的成員。

17

靈魂法庭的審判，也稱為「黑色祭儀」。儀式的名稱，來自神聖法庭聚會大廳中央的金色分枝燭台。燭台有十二處分枝，點著十二根蠟燭。

分枝燭台的周圍有十二個圍成半圓形的告解室，裡頭坐的是陪審團的成員。為確保審判的公平性，身為替犯下嚴重過錯罪人辯護人同事的陪審團成員，通常會從羅馬的高階教士和一般教士中以抽籤方式隨機抽選而出。但這天晚上，要找人不是件容易的事。然而修士們仍然成功達成任務，現在一切準備就緒，審判馬上要開始。

紅衣主教艾里阿加在聖器室換好了衣服。他戴上了飾物，現在只差他的紅色斗篷。他自己沒發現，但是他在拖時間。讀過筆記簿上寫下的罪行以後，他一直在懷疑與猶豫之間搖擺。他該怎麼做才對？在靈魂法庭中，魔鬼辯護者扮演著起訴的角色。艾里阿加應該要堅持告解者罪不可赦，無法得到寬恕。但這一次，牽涉在內的不只是一個人的靈魂。這次牽涉更廣，攸關整個教會的基礎。

如今，預兆已然出現。教宗利奧十世的預言在他神秘過世五百年後終於實現。

這個想法讓他心驚膽跳，但時間已晚，他不能繼續拖延。於是艾里阿加披上紅色斗篷。

他低聲說：「靈魂法庭將會終結這個夜晚。」

接著他拉上斗篷蓋住頭，走向大廳。

十一位陪審團員排成一列走了進來，他們穿了一身黑衣，蒙著臉。每個人經過燭台前，都會用兩隻指頭捏熄一根蠟燭，然後走進分派給自己的告解室。一如預期，點亮的蠟燭最後只會剩下一根，無人的告解室也只剩一間。在儀式中，數字十二代表著耶穌的十二名門徒，最後的蠟燭和告解室象徵著猶大，也就是不得參加這場會議的叛徒。

魔鬼辯護者手持象徵耶穌的大型蠟燭，穿過大理石柱撐起的拱門走進大廳。他走向金色分枝燭台，將手上的大型蠟燭放在燭台中央，然後對著周遭的告解室發言。陪審員坐在暗處，他看不到他們的臉，但是他知道大家正看著他。

「兄弟們，」他開口了：「就在我和你們說話的此時此刻，羅馬和基督信仰正受到嚴重的威脅。在這個大廳、這座建築之外，數十條甚至數百條人命已經消逝，而數量一樣多的靈魂正在掙扎著求生。今天晚上，我們背負著重大的責任。我們要決定是否要拯救其中一人。」他豎起食指，表現出演說家的風範。「然而，同樣地，同樣多的人也會因為我們的決定而喪命。」他等待自己這番話的回音和沉到池底的小石子一樣，在大廳落下。接著，他拿起筆記簿開始讀：「今天是二月二十二日，時間是晚上十一點，地點在羅馬。有關單位在兩小時前宣布，從明天早晨七點四十一分開始全面停電，但是我有確切的理由相信自己看不到明天的日出⋯⋯我是一名為靈魂法庭服務的聖赦神父，是個黑暗追獵者。多年來，我效力於神聖的法庭，監視著秘密入侵這個世界的罪與惡。現在，我準備完成我最後一件調查案。但這一次，為完成任務，我的行為超越我的職權，也違背了自己的誓言。因此，在死前，我要為記錄在這本筆記簿上的罪行請求赦免。不幸的是，當黑暗降臨時，我無法讓羅馬避開明天即將發生的一切。」

艾里阿加停了一下，才繼續唸：「唯有一個情況能解釋我的失敗，那就是拯救一個孩子的性命……」

18

「我們被瑪蒂德．佛瑞耍了。」

珊卓拉一邊開著廂型貨車，一邊透過衛星電話和馬庫斯說話。線路很不穩定。

「我不懂，你想說什麼？」她問道，因為她沒有聽到馬庫斯一開始說了些什麼。

「是她。她殺了其他人……『主教』、『玩具工藝師』，現在是『煉丹師』。」馬庫斯解釋，他在西斯曼宅邸的大宴會廳裡來回踱步，試圖釐清思緒。「她把我丟到圖里亞諾監獄，因為我全都知道。我活了下來，但我的失憶幫了她一個大忙。」

他把照片和她肚子上刺青的事全告訴她。珊卓拉的心情大受影響。

「你這是在告訴我，說她涉入自己兒子的失蹤案，說她同意那麼做？」她問道，認為這可能有其道理。「克里斯匹吸入菸灰致死。我一直在想，不知道兇手怎麼會找到庇護所。很明顯，是我們把瑪蒂德帶到他身邊的。我們離開她家後，她應該一直跟蹤我們。」

「還有另一件事。」馬庫斯說：「我找到拘禁托比亞的地方了。他們把他關在市中心的宅邸裡，一關就是九年，但現在，他們又帶他換了地方。」

「為什麼？」

「我不知道，但是那孩子自從出生以後，就是月蝕教派計畫的重心。但是我不覺得這只因為他是修女的兒子，否則，他們何必演這齣失蹤九年的大戲，然後讓他活到現在？」

「勒索。」珊卓拉回答。「克里斯匹死前在牆上寫了這兩個字。」

「沒錯。」馬庫斯表示贊同。「還有別人知道托比亞不是憑空消失，而是遭到綁架。這麼多年間，月蝕教派的成員利用這個孩子從對方身上得到好處。」

「父親。」珊卓拉說：「這種威脅只會針對雙親。我們應該查明誰是孩子的父親。」

馬庫斯也同意。

「我們只有一個方法，阻止瑪蒂德．佛瑞，從她身上問出孩子父親的名字。你在哪裡？」

珊卓拉沒把發生在遊樂園的插曲告訴他。他不希望他擔心，而且那段插曲對調查一點幫助都沒有。

「我二十分鐘後會到埃斯奎利諾區。」

「好，我們直接在那裡碰面。」

馬庫斯收起電話。他看夠了，可以離開西斯曼宅邸了。就在下樓時，他聽到一個奇怪的聲音，遠處彷佛有人在反覆唸誦他聽不清楚的禱文。

聲音來自五樓。

馬庫斯再次關掉手電筒，登上大梯，不知道那可能是什麼聲音。樓上是閣樓房間，他看到一扇擺動的木門。現在那聲音更清楚了，像是收音機在播送訊息。他聽到一個人聲在讀稿。

「請注意。這是新政權的第一份新聞稿。我們已經攻下羅馬，羅馬在我們手上。執法者和警力已經投入我方陣營……」

馬庫斯拉開門，看到閣樓裡堆滿了舊家具，地上積著水和風吹進來的樹葉。閣樓深處有間房間窗戶是打開的，外頭，意外的滿月照亮巨大的祖國祭壇白色頂部。

馬庫斯走了進去，尋找神秘的聲音來源。

「我們在此敬告想進入首都的軍隊，請你們遠離此地，這個城市屬於我們。如果你們越過神聖的邊界，你們永遠不可能回到家人身邊，再也見不到你們的孩子、妻子、丈夫或未婚夫、未婚妻，你們的父母會為你們哭泣……」

他在最裡面的房間裡看到一部機器，聲音透過喇叭傳送出來。

「羅馬人民請注意，教宗已經潛逃，天主教會沒有領袖。梵蒂岡的圍牆倒塌，我們攻陷了西斯汀教堂。」

馬庫斯走近一看，發現這是連接在汽車電瓶上的廣播發射器。一條粗纜線往上拉向屋頂，消失在木頭橫樑間，非常可能連接著安裝在屋頂的天線。

「改信幽影之主，上街殺掉那些膽敢反對你們的人。任何不服從的人都是月蝕教派的敵人。」

聲音突然停下。馬庫斯聽到一個機械發出來的噪音，看到發射器旁邊有一台舊唱盤。唱臂和一個構造簡單的計時器相連，計時器的中間是個設定間隔十五分鐘重新開啟的馬錶。

他想起歐羅巴旅館那名夜間守衛的說法，當時，他對珊卓拉說他在電晶體收音機裡聽到一些話。這個瘋子想用這種新聞稿嚇唬人民。他納悶地想，不知有多少急著得到消息的人聽到這個訊息。

馬庫斯扯掉連接著機器和電瓶的電線，結束新聞稿的傳送。但他沒時間站起來，因為有個硬物打中他的後頸，讓他失去意識。

一輪奇特的明月出現在羅馬上空。藉著月光，珊卓拉把車子停在瑪蒂德・佛瑞住處的街區上。從這個位置，她可以一邊監視公寓出入口，一邊等待馬庫斯。珊卓拉不覺得瑪蒂德會在家，她覺得馬庫斯應該也這麼想。如果能確認瑪蒂德不在，那麼他們可以進去公寓裡搜索。

托比亞的母親有個計畫，而她可能花了過去幾小時甚至幾天去付諸實行，犯下一系列駭人聽聞的罪行。

對於神秘兇手是月蝕教派的成員一事，她和馬庫斯一樣驚訝。殺害其他成員的目的是什麼？瑪蒂德・佛瑞會是神秘的「黑影大師」嗎，或者她只是服從某人的命令？

珊卓拉看著廂型貨車儀表板上的時鐘。馬庫斯遲到了，儘管如此，她不會獨自行動。她有手槍但沒有子彈。此外，瑪蒂德證明了她過人的行動力。她以殘酷的手法殺害了好幾個人，甚至連馬庫斯都曾經是她的手下敗將，被丟進圖里亞諾監獄。不，這太危險，她最好再等一等。

幾分鐘過去了，接著，珊卓拉發現空無一人的街道上有了動靜。有人從她監視的那棟公寓走出來。不可能是她，珊卓拉想。人影來到馬路上，朝廂型貨車的方向走過來。珊卓拉往下滑向椅座底，希望不要被對方看到。當人影從車邊經過，她認出來了，果然是瑪蒂德・佛瑞。

瑪蒂德拖著一個小行李箱。珊卓拉記得民眾不得離開羅馬，那麼，瑪蒂德要去哪裡？她等到瑪蒂德繞過街角，才下車跟蹤。瑪蒂德用一條黑色圍巾從頭裹到腳踝，雖然帶著行李，但步伐堅定。

她腳下穿的是白色帆布鞋。

瑪蒂德幾乎穿越了整個埃斯奎利諾區。藉著月光，珊卓拉得以保持距離但不被發現。兩個女人來到卡羅菲力西路的路底，這條路通往一道奧勒良城牆的牆角，盡頭是一座破舊的塔樓。

瑪蒂德走進塔樓，消失了蹤影。

珊卓拉拿起衛星電話想聯絡馬庫斯，告訴他計畫有所更動，希望他趕得及。但馬庫斯沒接電話。*你在哪裡？*塔樓說不定有另一個出口，她可能會跟丟瑪蒂德。考慮過後，她決定獨自行動。

珊卓拉穿過街道，走進塔樓。月光透過老城牆的縫隙照進塔樓，她看到裡面的空間不小，比站在外面想像的來得大。由牆面殘存的濕壁畫來看，這地方從前應該是演講廳，如今可能沒有人使用。天花板很高，狀況很差。棲居在塔樓裡的鳥似乎不怎麼欣賞它的存在，在她頭上某處的黑暗中飛動。瑪蒂德在哪裡？她看到塔樓深處有一座木梯。她走過去，推推扶手測試梯子是否牢靠。梯子會搖晃。但是瑪蒂德一定是藉著木梯爬到樓上。珊卓拉掏出沒有子彈的手槍，至少，拿著槍有威脅效果。隨後，她把腳踩上木梯的第一級，開始往上爬。

爬到梯頂，她看到瑪蒂德站在裡面，行李箱就擺在腳下。瑪蒂德・佛瑞背對著她，凝視窗外照著羅馬的小月亮。

「從前這地方是個小教堂。」瑪蒂德靜靜地說：「獻給聖瑪加利大，她是產婦的守護者。」

「妳讓他們帶走妳兒子。」珊卓拉堅定地回應。「妳算什麼母親？」

「這裡是隱士的房間，住的是一名為了活在主的恩典中而放棄一切的男人。」珊卓拉的指責似乎沒有影響到瑪蒂德．佛瑞，她只是轉過身看著珊卓拉。「一個人必須很堅強，才能放棄世上最心愛的人。」

珊卓拉搖頭。

「妳難道不會恨，不會後悔？」

「我從來沒有迴避你們的評斷。我一直都在。你們只需要來找我就夠了……但是從來沒人過來。」

「那麼妳現在為什麼想逃？」珊卓拉指著行李箱問道。

「『大師』警告我。」瑪蒂德面帶微笑。「他要我提高警覺。我一開始就發現妳在跟蹤我。」

「托比亞在哪裡？」

「我不知道。」她誠懇地回答。

「妳是說，這麼多年來，妳從來沒想去看他？」

「妳在開玩笑，對吧？我每天都在想他。我和他說話，為他解釋一切。但托比亞從來不回答……除了今天早上。」她面帶笑容說：「我在停電前一分鐘接到電話時，就知道那是個信號。

經過這麼多年的等待，行動的時間終於到了。我的痛苦終於要得到補償了。」

珊卓拉一點也不為她難過。

「托比亞的父親是誰？」

「這個問題我回答過了。」

「妳說謊。」

「即使真的如此，我也不能告訴妳。這太重要了。」

「妳想從這件事當中得到什麼？」

「我相信幽影之主和傳達祂意旨的人——也就是『大師』。他拯救了我，我虧欠他。」

瑪蒂德拉開長圍巾。

「停！」珊卓拉舉起手槍威脅瑪蒂德，擔心她藏有武器。

然而瑪蒂德只是朝她伸出手。

「這是妳加入我們的最後機會。」

她遞出一片黑色聖餅。

珊卓拉沒有回答。

「隨便妳。」瑪蒂德．佛瑞張開嘴巴準備吞下聖餅。「我的旅程到此結束。」

她抖動肩膀，讓長圍巾掉到腳邊，接著轉身面對窗戶，敞開雙臂往下跳。

珊卓拉沒有阻止瑪蒂德。她沒有移動，沒有興趣拯救這樣的人。瑪蒂德永遠不會說出來。像她這樣的女人，能做出這種事，能抗拒一度誘惑她的一切，絕對不會在最後關頭放棄。

她走過去，看到瑪蒂德躺在下面的人行道上。她對瑪蒂德失去了興趣，把注意力轉移到她帶來的行李箱上，希望在裡面找到線索。珊卓拉打開行李箱，箱裡放的是男人的衣服，此外，還有一把剃刀和旅行組。

這時候，她聽到一個熟悉的聲音。她口袋裡的電話響了。

「馬庫斯。」她說。

沒有人回答。但電話邊有人，因為她聽到了呼吸聲。

「你是誰？」她冷靜地問。

「妳好啊，維加。」

來自死人的聲音。電話的那頭是維塔利。

19

「人渣。」

維塔利放聲大笑，衛星電話差點掉下來。他不得不承認，這個女警確實討他喜歡。

「他怎麼了？你把他怎麼了？」

「冷靜，維加，這只是紳士聚會。」

他踢了坐在地上的馬庫斯一腳，後者雙手放在頭上，就在維塔利手槍的射程範圍內。

「他被捕了嗎？」

珊卓拉不知該如何反應，開口問出腦袋裡想到的第一個問題。

維塔利警探被逗樂了。

「思考，珊卓拉——我可以叫妳珊卓拉吧？」

「可以。」她不知道自己為什麼這麼回答。

「那好，我剛剛說，思考，珊卓拉。我們認識的世界已經不復存在。或是說，至少現在看起來是這樣。」他停下來想了想。「所以，從前的規則已經不適用，再也沒有公民權、審判庭和執法者。我們在戰爭中，大家全是敵人。只有短暫的聯盟算數。」

珊卓拉再也受不了這個混蛋的譏諷。

「你想怎麼樣？」

「我想要妳過來談談事情的經過，因為妳朋友馬庫斯好像是啞巴。」

維塔利又踢他一腳，這回踢在他背上。

「我對他已經有相當程度的瞭解了。」

維塔利掏出在珊卓拉皮包裡找到的調查清單，很快地看了一眼。

「例如，我知道他有短暫失憶的毛病。我試著讓他恢復記憶，因為我聽說，有時候，在腦袋上踢一腳可以創造奇蹟，可惜沒有用。」

馬庫斯感覺到自己的後頸在流血。維塔利剛才拳腳兼施地叫醒他。現在，他不但全身都痛，還受到武器威脅。但是，與其貿然行動，馬庫斯寧願等待。他想看情勢怎麼發展。

「妳朋友不肯跟我說話。」維塔利抱怨。「妳相信嗎？我其實很好相處。」

「如果我去找你們，你怎麼證明你不會把我們兩個都殺了？」

「妳沒有懷疑的本錢，維加。妳不來，他就死。妳來，也許我會放你們兩個一條生路。妳自己看著辦。」

「我不去。」她本能反應。

「我以為你們兩個彼此有好感。」維塔利笑了。「但大家都知道女人善變。」

馬庫斯不希望珊卓拉來找他。他相信維塔利會毫不遲疑，一舉解決他們兩個人。他寧願犧牲自己，試著冒險奪取維塔利的武器。

「我不會跟著你起舞。你已經耍過我一次了，我知道你的手段。」

「妳什麼都不知道，維加。」維塔利的語氣突然變得冰冷。「我看了妳的筆記，但是妳和妳朋友離真相還遠得很。」

他開槍射擊。

迴盪在電話裡的槍聲讓珊卓拉打起冷顫。

「蓋塔路，西斯曼宅邸五樓。」維塔利說。掛電話前，他特別說明：「門是開的。」

珊卓拉不知如何是好。她離開演講廳所在的塔樓。現下，她沒時間去管瑪蒂德·佛瑞那個裝滿男人衣服的行李箱。她必須找個方法，把馬庫斯救出來。

走著走著，她想出了一個行動計畫。維塔利說得沒錯，一切規則都改變了。在這個混亂的夜晚，每個人都失去了某些東西。但是，如果停電結束時和平再次降臨，有關單位一定會追究責任。

維塔利剛才說，她和馬庫斯離真相很遠。他說的也許沒錯。他們失去了線索，永遠不會有時間去找出托比亞·佛瑞和「黑影大師」，或去剷除月蝕教派。但是他們讓殺害月蝕教派成員的兇手無法再造成任何傷害。這是釋放馬庫斯的交換籌碼。可惜瑪蒂德·佛瑞自殺了。

然而，相較於維塔利，她仍然佔了優勢。她知道這該感謝誰。是克里斯匹帶給她這個想法：勒索。

回到蟻丘入口時，她被武裝警察攔阻下來。她舉起雙手，把沒有子彈的手槍放在地上。

「我是護照組的維加警官！」她大聲喊道。

有人打開強烈探照燈，照得她什麼都看不見。接著，她聽到幾公尺外有個金屬發出來的聲音。

「戴上。」發話人的語氣不容置疑。

珊卓拉撿起地上的手銬套到自己手上，在光線下高舉雙手。兩名手持衝鋒槍的警察走過來將她帶到路障的另一邊。一名她認識的警官來到她面前。

「妳來這裡做什麼？」

「我要找大老闆談談。」

「我覺得那是不可能的事。如果妳願意，妳可以找件制服加入我們。」

「告訴他，我帶來維塔利警探的口信。」

十分鐘後，他們摘下她的手銬，將她帶到局長辦公室。阿爾伯堤處長和局長在一起。

「請坐，警官。」迪吉奧吉請她坐下。「您知道維塔利警探在哪裡嗎？他是不是需要協助？」

「他自己一個人處理得很好，謝謝。」珊卓拉回答。

「那麼，他的口信？」局長問她。

「我看到好幾架直升機。他們馬上就會到了，對不對？太陽一升起，他們就會大舉進駐。」

「計畫是這樣，沒錯。」阿爾伯堤承認。

「你們沒剩下多少時間來決定怎麼收拾自己的爛攤子。」

珊卓拉的措辭讓兩名長官臉上的血色盡失。

「您想要什麼？」局長問道。

「我可以證明維塔利知道停電會帶來什麼危險，卻袖手旁觀。」

「您還知道什麼？」阿爾伯提好奇地接著問。

「知道你們早上第一次讓我看影片之前，維塔利警探就已經知道月蝕教派和黑色聖餅的存在。而如果他知道，他……」

「這是個強烈的指控。」局長說：「您知道嗎，維加警官？」

「知道，長官。」

她可能因背叛而受審，但是她別無選擇。

「我不是要威脅你們，而是有個提議……維塔利警探先是耍我，接著又利用我，這個男人應該要付出代價。」

「請您為我說明一下。」迪吉奧吉交抱起雙臂。「您建議我們把一切推到維塔利身上，並且會支持這個做法。但是您有什麼論據？想交換些什麼？」

「我要你們給他回電。」

「為什麼？」處長問道。

「我不能說。」

「您有敵人嗎？」阿爾伯提諷刺地問，接著對局長說：「我們的維塔利不是個簡單人物。沒有人喜歡他。」

珊卓拉不明白他們為什麼語帶譏諷。她再次出擊：「我知道有個秘密單位負責處理異端犯罪。說什麼犯罪統計中心，根本胡扯！」

「秘密單位？異端犯罪？」局長驚訝地說。

「不必假裝沒事，那沒有意義。維塔利多年來一直在處理沒有對媒體公開的案子，以免讓你們和你們的上級難堪。」

「您這些是聽誰說的？」處長饒有興致地問道。

「克里斯匹警司。」

如今他死了，她可以說出他的名字。

「嗯，他在開您玩笑。」迪吉奧吉直視她的雙眼，說：「您提到的秘密單位根本不存在，維加警探。」

「如果有人命令你們取消維塔利檔案的第四級權限，那個秘密單位就會存在了。很多人在質疑維塔利警探為什麼經常調動。我看過他的服務紀錄，他負責過內部雜誌、警車停車場，甚至公共關係……」

「這是真的。」局長終於承認。「維塔利警探辦的案子確實是機密檔案，而且我們的確時常調動他。」

珊卓拉滿意了，她得了一分。

「但那是為了保護他的安全措施。不是他調查的案件。」迪吉奧吉接著說。

珊卓拉不懂。

「為什麼保護他？我不相信你們。」

「維加警官，正如我剛才告訴您的，沒有所謂異端犯罪調查案件。」

接著，他說：「維塔利警探是緝毒組人員。」

20

珊卓拉以為局長會叫人立刻逮捕她。但迪吉奧吉只是要讓她親眼去看。他們把阿爾伯提留在辦公室裡，由迪吉奧吉親自陪她到蟻丘最隱密的地方。

最高安全戒備牢房。

碉堡的建築師當初在設計時，預期這地方可能必須安置一些特別的犯人。

「這裡關過黑手黨教父、恐怖分子和連續殺人犯。當他們必須移監或到羅馬來時，我們會把他們帶到這裡接受秘密審訊。」

珊卓拉不懂這趟導覽的目的。他們來到一處柵門前，迪吉奧吉指示守衛讓他們進去。他們穿過一道長廊，走廊旁邊有好幾間牢房。

除了其中一間，其他都是空的。

來到牢房前面時，迪吉奧吉伸手指著裡面，要珊卓拉看。

「兩小時前，他在威尼托街的街角遭到逮捕。是我下令把他帶到這裡來的。」

這個男人大約二十五、六歲，眉毛顏色很淡，剃著光頭，脖子上的刺青是一艘船。他身穿白色T恤搭配牛仔褲。守衛沒收了他的鞋子，因此他光腳踩在水泥地上。

這個雙腿細瘦的夢遊者站在狹小的牢房中央，茫然的雙眼直視前方。他沒有動，但身子卻微微搖晃，像隨著看不見的微風波動。

「他聽得到我們說話嗎？」珊卓拉問得有點太天真。

「他都能說話了。」迪吉奧吉說。

「黑色聖餅。」珊卓拉想到萬國博覽會區遊樂園的景象。

迪吉奧吉點頭。

「維加警官，您對芬乃他林有什麼瞭解？」

「芬乃他林？」珊卓拉看著他重複了一次。

「又叫做苯丙氨乙茶鹼，更知名的名稱是『主的藥丸』。」

他先任她消化這些資訊，才接著說：「一九六一年，一家德國廠商製作出芬乃他林，之後的二十五年間，這種藥用來治療猝睡症和憂鬱症，同時也拿來為罹患不治之症的病患止痛。後來，許多國家——包括義大利——都因為藥品的副作用而將芬乃他林列入禁藥。芬乃他林最常見的副作用，是讓服用者進入催眠恍惚狀態和出現妄想，但最重要的，芬乃他林還是會刺激攻擊慾的強力興奮劑。」

珊卓拉回想起在遊樂園外面攻擊她的那群人。當時她朝著他們射空了手槍的子彈，但他們似乎完全不怕死。

「原來是這樣，維塔利辦的案子是毒品交易。」

「二〇一一年，保加利亞一間實驗室偷偷恢復生產。之後，毒品市場裡就很容易買到芬乃他林，而且使用者越來越多，因為芬乃他林的價格比安非他命便宜，而且效果更持久。我們有個線民和控制羅馬市場的販毒集團有聯絡，大約十天前，他通報芬乃他林的供應量有異常增加的狀況。」

「怎麼個異常法？」

「異常到足以引爆整個毒品市場的交易，有人引進大量的純品。維塔利一得到消息立刻警告我們，因為情況可能失控。利用芬乃他林破壞公共秩序確實有先例。恐怖分子或無政府主義人士想發動突襲或反抗運動時，經常用到芬乃他林。這些人稱芬乃他林為『疾病』。」

「所以維塔利接觸到月蝕教派純屬偶然。」

「沒錯。」迪吉奧吉確認。「他在調查一個暱稱『煉丹師』的神秘人物，這個人是個保加利亞化學家，維塔利警探一直想查明他的身分。」

西斯曼。維塔利在電話裡提過，如果她想救馬庫斯，就要到蓋塔路上的宅邸碰面，當時他說的是這個姓氏。

「昨天晚上，在我們看到忘在計程車那支手機裡的影片之後，才明白芬乃他林已經造成問題了。可能有某個犯罪組織想利用喝下氫氧化鈉的倒楣毒販，來警告『煉丹師』和身上有藍色圈環刺青的那群人，要他們停止提供免費毒品。」

關於這點，迪吉奧吉就搞錯了。珊卓拉在競技場的那些照片裡看過同一個男人，他不是一般毒販，他綁架了托比亞，最後死在瑪蒂德．佛瑞手裡。但是她什麼也沒說。她想知道月蝕教會為什麼會選擇使用這款毒品。

「芬乃他林為什麼又叫做『主的藥丸』？」

「因為從七〇年代開始，某些宗教組織利用芬乃他林來給信眾洗腦。事實上，這種毒品在該死的伊斯蘭國極端分子之間很流行。組織綁架了一些倒楣的人，給他們服用黑色藥丸，讓處女陪著他們直上天堂，接著，這些人隔天醒來便急著去砍受害者的頭或去當人肉炸彈。」

難道這就是克里斯匹口中的「意識的狂喜」？珊卓拉無法相信她的老朋友會因為幻覺而背棄自己的原則。但是，她知道迪吉奧吉的說法只是部分真相。月蝕教派有確切的目的，芬乃他林只不過是計畫的一環。

「您為什麼帶我到這裡來？」珊卓拉問道，眼前牢房裡的年輕人越搖越厲害。

「您這是在告訴我，說我該立刻逮捕您嗎？」迪吉奧吉笑了。「我的事業已經結束了，明天早上，我會提出辭呈。我可能會受審定讞。所有的人都會忘了我，而我餘生的每一天都會自問當時是否有別的做法。」說完話，他嘆了一口氣。「如果我聽了維塔利的話，我們就可以在停電的消息發布前找到方法解決這件事。但我們才剛得知芬乃他林的另一個效果，除了治療憂鬱症和猝睡症之外，它同時也用來治療怕黑的症狀。」

他示意守衛把燈關掉。

年輕男人的尖叫聲迴盪在空洞的牢房間。接著，他們突然聽到一聲巨響。珊卓拉辨認出那是人類身體碰撞欄杆的聲音。她想像那名夢遊者用力地衝撞，唯一能攔阻他的，只剩下欄杆。

電燈又亮了，年輕男人蜷起身子縮在地上，恢復了鎮靜。

「黑暗會放大芬乃他林的效果，光線使他們鎮定。」迪吉奧吉解釋道：「抱歉，讓您受到驚嚇了。」

停電，科技的月蝕。月蝕教派利用了這個機會，他們早有準備。

「到了黎明，一切都會結束。」局長邁開步子離開。

「再四個小時。還有多少人會送命？」

但迪吉奧吉沒有回答。

「我知道芬乃他林在哪裡交易。我知道他們在哪裡發放黑色聖餅。」珊卓拉的語氣堅定。

局長轉頭看她。

「回電話給維塔利，然後我會告訴您怎麼拯救羅馬。」

21

黎明前三小時又二十九分鐘

交付囚犯的地點是神廟遺址聖母堂。

珊卓拉毫不猶豫就選擇了這個地方。這座聖母堂建築雄偉，內部的柱子粗大，東端深處是半圓形後殿，中殿兩側的小禮拜堂裝飾著華麗的大理石和濕壁畫。

其中只有一處例外：右側最後一間小禮拜堂。

這間獻給有史以來第一位聖赦神父聖雷孟的小禮拜堂「看似」最樸實無華，但珊卓拉知道原因。幾年前，馬庫斯曾經和她分享過這個秘密。那幾乎是個愛情契約。只是維塔利不知道。

她看到他們一起進來，其中一個持槍，另一個雙手上了手銬。馬庫斯以眼神示意，讓她知道他沒事。維塔利站到馬庫斯背後。

「我們又見面了，警探。」珊卓拉語帶譏諷地和維塔利打招呼。

「我也以為自己會在地道裡送命，正好和你們的想法一樣。」

「這樣說吧，這對大家來說都是個驚喜。」

維塔利把某個東西放進馬庫斯的外套口袋裡，然後將他推向珊卓拉。

「我本來想，把他交還給妳時，不要幫他解開手銬。」他邊說邊把手銬的鑰匙丟給珊卓拉。「那一定很好笑。」

「迪吉奧吉局長組織的警力正在前往萬國博覽會區遊樂園的路上，他們會阻止這場瘋狂的計畫。」珊卓拉說：「很抱歉，但是功勞會全記在他頭上。」

「別忘了，維加警官，我是犯罪統計中心的人。」維塔利開玩笑地回答。接著他對馬庫斯說：「再見了，我的朋友。我相信我們會再見面。」

「你知道利奧十世葬在這座聖母堂裡嗎？」馬庫斯問他。

但維塔利毫不在乎地走向出口。

珊卓拉為馬庫斯解下手銬，拿出維塔利放到他口袋裡的紙。

「是那張調查清單。」她認出他們在接力賽小屋裡寫下的筆記。「他一定是在地道裡找到我的皮包。你說得對，永遠不該留下書面證據。」

「他為什麼會放了我？」

珊卓拉把芬乃他林的事以及黑色聖餅的真相告訴他。

馬庫斯想起尼可萊實驗室裡的粉紅色小瓶子。「煉丹師」合成了芬乃他林，好減緩妻子的痛苦。

「我們必須趕去瑪蒂德．佛瑞的住處，我們只剩下那個線索。」

「她死了。她在我眼前自殺。」

這個消息讓馬庫斯既驚訝又難過。

「她自殺前有沒有透露什麼內情？」

「我試圖讓她說出托比亞的父親是誰，但沒有成功。她認識對方。那不是強暴，事情經過她同意。」

這又是構成勒索的好理由，他心想。

「還有件事。」珊卓拉說：「她帶著一個行李箱，裡頭裝著男人的衣物和一把剃刀。」

馬庫斯想了想，可是找不到答案。

「我們必須到瑪蒂德．佛瑞家去，看看能不能找到任何蛛絲馬跡。」

珊卓拉也知道這是個絕望的嘗試。但是他們沒有其他選擇。

當他們走進瑪蒂德．佛瑞位於埃斯奎利諾區的樸實住處時，撲面而來的是熟悉又濃烈的尼古丁氣味。香菸的餘味尾隨他們來到廚房。幾小時前，他們坐在桌邊，聽一個被迫和可怕謎團共存的哀傷母親泣訴，這個謎團，就是她兒子的命運。珊卓拉回想起瑪蒂德說過的一句話：「有人想像會有什麼誇張的情節，實際上很單純。」

馬庫斯環顧四周。幾個菸灰缸疊在一起，和一個盤子、一個玻璃杯一起放在水槽裡。咖啡杯，放在陶瓷盤邊緣、沾上黃色菸漬的小海綿，架上的收音機，牆上的掛鐘，這些簡單生活的細節和其他許多人相同。但這些物品是瑪蒂德的共犯，隱藏著她令人震驚的秘密。它們聆聽她的話語，靜默以對；它們是她所有想法的證物。

馬庫斯在腦海裡列出清單，上頭列著慘遭瑪蒂德殺害的人。「主教」葛達戴著遠端操控的「愉悅項圈」被勒死。「玩具工藝師」活活遭綠頭蒼蠅吞噬。影片上，綁架托比亞的男人被迫喝下氫氧化鈉。克里斯匹警司吸入菸灰嗆死。而「煉丹師」倒吊身亡。

還有我，他心想。

*我本來應該死在圖里亞諾監獄，但結果不然。*是他運氣好嗎？不，這和運氣無關。如果命運在這件事裡扮演了正面的角色，那麼他應該要記得一切過程。

如果不是我失憶，羅馬就得救了。

「我建議從這裡開始。」珊卓拉說。

馬庫斯跟了過去。

臥室裡有兩張單人床，一張是瑪蒂德的，另一張自從托比亞失蹤後沒有改變。托比亞的床上放著一張羅馬足球俱樂部的海報。九年後，俱樂部裡有些球員已經退休，有些換了球衣，另一些則是單純老了。珊卓拉．維加心想，沒有比足球隊員海報更能證明時間流逝的東西了。她記得，她過世的丈夫大衛曾經帶她回以色列，看他度過童年的家。大衛的房間裡有一張曼聯隊的海報。大衛一一看著球員，最後，才發現海報上的每個人都比他年輕。

「麻煩把清單給我。」馬庫斯朝她伸出手。

「你想到什麼了嗎？」

「沒有。」他承認。

他們坐在托比亞床上，一起研究清單。馬庫斯劃掉不再有用的線索。

犯罪手法：古早使用的折磨刑罰。白色帆布鞋（馬庫斯和葛達主教）。黑色聖餅（毒蟲）。

藍色圈環刺青：月蝕教派。無辜者的獻祭。

停電：利奧十世。

神秘筆記簿。

托比亞・佛瑞。

意外事件：馬庫斯短暫失憶。

「我們早該把瑪蒂德・佛瑞放在清單上的。」珊卓拉遺憾地說：「就因為她從前是修女，我們才會上她的當。因為沒有人能想像服事上帝的人有辦法以那麼兇殘的手段殺人。」

馬庫斯把全副注意力放在清單上，尋找筆記簿、托比亞和他失憶之間的關聯。

「我拿走了筆記簿。這點很奇怪，因為我不該那麼做。妳也知道的，聖赦神父不寫筆記，為的是不留下任何跡證。所以了，我為什麼要冒這個險？特別是，那本筆記簿到哪裡去了？」

「你把筆記簿藏在安全的地方。」

「對，但是為什麼？那就像我預知自己會失憶，想要預先留下訊息給自己一樣。我們所找到撕下的那幾頁上面，寫的是如何繼續調查的指示。」

「失憶是無法預知的。」珊卓拉試著安撫他。

「妳說得對，是不行。」

馬庫斯緩緩吐氣，抬起眼睛看面前的牆壁。她看到瑪蒂德的古典文學證書。雖然如此，但她擔任清潔婦維持生計。為什麼這件事讓他如此困擾？

「我們應該搜查公寓。」他說：「動手了。」

兩人拉開抽屜，把裡面的東西倒在床上，想找出值得研究的物品。馬庫斯甚至檢查了床墊。他割開床墊，掏出羊毛襯裡檢查，但毫無所獲。接著輪到衣櫃。衣櫃分成兩部分。一邊還放著托比亞的衣服，另一側則歸瑪蒂德使用。她的衣物不多：四件夏天的洋裝，兩條冬天的裙子，幾條褲子和幾件毛衣。珊卓拉的視線落到一個仔細放在角落裡的小袋子上。她拿起袋子看了看，接著拉下拉鍊。

裡頭是一件修女的衣服。

正準備把衣服放回去時，她注意到馬庫斯困惑的表情。

「不可能。」他說，用雙手拿起衣服。

珊卓拉不懂。馬庫斯雙手拿著衣服，盯著用來遮臉的黑面紗看。瑪蒂德·佛瑞不只是一般修女而已。她是基督的寡婦。

22

他來到森林邊緣的隱修院，但他不必敲門。門是打開的。

走進石砌走廊後，馬庫斯看見第一具屍體。他走向躺在地上的修女。在覆蓋著臉孔的黑色布料下，她的喉嚨遭人割破。

一把刀，他心想。寇尼尤斯．凡．布倫怎麼拿到的？

從停電前便一直照亮這個地方的蠟燭全都熄滅了，馬庫斯不得不藉助手電筒的光線前進。拿著這個現代的產物，他覺得自己褻瀆了這個屬於過去、幾世紀以來沒受到干擾的隱修院。他在樓梯間發現第二具屍體，認出這名穿著短靴，鞋帶純潔地繫到小腿的基督寡婦。他自問其他十一人會在哪裡。但那個野獸已經被拘禁那麼久了，他不覺得她們有任何一人能逃過他長久累積的憤怒。最後他來到打開的牢房前面，他還抱著希望，希望能看到這名連續殺人兇手的屍體。說來荒唐，但他多少有點期待「黑影大師」會自殺。但老人只是跑了。

馬庫斯立刻想到裝著男人衣服和剃刀的行李箱。瑪蒂德一定是想在梵蒂岡——這個他被囚禁了漫長二十三年的堡壘——牆外等他。世界從來不知道寇尼尤斯的存在。現在，這頭野獸自由了。

「自由而且危險。」馬庫斯低聲糾正自己。

凡・布倫並非沒有道別就離開。他把某個東西留在行軍床上。一件禮物。那是這天晚上稍早時，馬庫斯親手從安吉利卡圖書館拿來的：老普林的《博物志》。

古卷的皮革封面被撕了開來。

馬庫斯想，原來刀片藏在這裡。瑪蒂德・佛瑞擔任清潔婦，但是她有古典文學碩士學位。把刀片藏在書裡的人是她——我真蠢。

古卷的第一頁夾著寇尼尤斯的手寫信。

我親愛的馬庫斯，

我覺得自己有責任向你解釋。不只是因為你無意間在我的計畫中扮演了決定性的角色，同時也因為，不管你相不相信，經過這麼多年，我對你也有了感情。

他們將我關進這地方時，我心寒地瞭解到自己永遠不可能出去。有朝一日，我會葬在隱修院後面的墓園，也就是基督寡婦埋葬她們過世姊妹的地方。在我的墓地上會有一塊代表無名氏的石頭。沒有任何人會知道埋在下方的人有什麼故事。

長久以來，我一直這麼想。這是受到拘禁時最難以忍受的念頭。

所以，請你試著想像，當我面對著這個充滿活力、信仰堅貞的年輕修女時會是什麼狀況。信仰最容易讓人上癮，於是，我把逃亡的計畫架構在她身上。

她負責為我送餐，一天來看我一次。我試著和她說話，但她堅守保持緘默的誓言。後來我跟她提起老普林尼的古卷，竟然聽到面紗後面的回答。

她的話很簡短，但那就夠了。瑪蒂德告訴我：「我知道老普林尼。」

漫長、耐心的對話由此開始，我千辛萬苦才偷得到她簡短的回應。我的秘密是，我從來沒有欺騙她。我的真誠最後終於打動她，讓她明白，對她最好的事，是在外面的世界繼續自己的使命。於是她歸還了修女的衣服，在外界幫我重新建立古老的月蝕教派。

她的虔誠說服了一名主教——他被邪惡的誘惑牢牢控制；一名變態的玩具工藝師；一名醉心於化學但為妻子心碎的保加利亞親王。還有，正如你也知道的其他許多人，包括一名毒販和一名警司。

我的修女用一個圖像統一所有人：藍色圈環刺青。而唯一目標就是還我自由。

但是我們需要一次月蝕。

一次月蝕要等好幾年，等待既漫長又沉重。接著，有一天，神聖的預兆突然出現：大停電。

我知道你一定在想，在孩子失蹤案裡我扮演著什麼角色。我不想剝奪你的快樂，我要讓你自己去找出為什麼托比亞必須和我一樣被監禁起來的唯一理由。

但是我可以告訴你，綁架托比亞的想法來自利奧十世。

在發布羅馬「絕對、絕對、絕對」不可以處於黑暗當中的詔書之前，利奧十世作了一個預知夢，他看到自己死亡。他在發布詔書九天後的死亡確實引來許多懷疑和猜測。事實上，這名十六世紀的教宗和所有有權有勢的人一樣，到最後變得非常多疑。平常人只操心生活，但大權在握者沒有這種特權。

他們最大的恐懼，是在失去權力的情況下死去。

我就寫到這裡了，我的朋友，等在我前面的旅程很長，而且我不確定自己能否度過難關。此刻我心中的恐懼同時也讓我感到愉快。我忘了人生有多麼不可預測。外頭有重重關卡等著我，但我很快樂，因為所有人類生命就是如此。

至於我們兩人，我會繼續懷抱著父愛思念你。我知道你會來找我，所以我們可能會再次見面。就讓命運來決定吧。

在那之前，我要祝福你找回昨夜的記憶。

你忠誠的

寇尼尤斯．凡．布倫

馬庫斯闔上書，在床上坐下。挫敗使得他筋疲力盡。如果要把真相告訴珊卓拉，他勢必得揭開梵蒂岡的秘密——他們關著一個怪物囚犯，而且一關就是二十三年。

他沒做任何解釋便離開了瑪蒂德．佛瑞的住處，因為他希望能夠及時阻止寇尼尤斯。但這個連環殺人兇手動作太快。

信中有兩段文字讓他特別印象深刻。第一段，是寇尼尤斯祝福他能找回記憶。因為我處理過這件事？這問題他不知自問了多少次。他詛咒自己。

「他們最大的恐懼，是在失去權力的情況下死去。」他重複這段同樣讓他不解的句子。

最後，他直覺地想到克里斯匹死前寫下的字。

勒索。突然間，一切都清楚了。

23

黎明前五十七分鐘

他在粉紅色石灰華岩壁爐前被他嚇了一跳，幾乎就在二十四小時左右前他們上次見面的同一位置。

差別是，紅衣主教這次沒聽到他走進面對帝國廣場公寓的聲音。一發現他，艾里阿加臉上的血色盡失，像個活人看到了死人。馬庫斯不曉得這個比擬有多麼真實。艾里阿加知道筆記簿的內容——垂死者的告解。

「是您把調查案指派給我的。」他說：「您把托比亞．佛瑞的失蹤案交給我辦，但不幸的是，我忘了這件事。」

「這樣不是對大家都好嗎？」紅衣主教鎮定地回答。

「那是什麼時候的事？」馬庫斯問道。

「幾個星期前。」

知道自己失去那麼多天的記憶讓他很沮喪。

「為什麼？您為什麼會對一個在九年前失蹤的孩子感興趣？」

「昨天，我到賽彭提路的閣樓去找你。」艾里阿加嘆了一口氣。「在等你的時候，我在你枕頭下找到一張黑白照片……從她的目光來看，她不知道你在拍照。但太多真相從那張照片浮現出來。你不能像個男人那樣觸碰她，所以滿足地看著光線輕拂她，然後你回家印出照片。我相信你並不會把你的感覺視為罪過，不覺得需要告解，請求上帝的寬恕。」

「我現在想法不同了。」聖赦神父說。

「那麼，你可以理解我了。」

馬庫斯看到艾里阿加手上拿著一本筆記簿。

「有誰料得到這個年輕修女是狡詐殺人犯派來誘惑我的？」紅衣主教接著說。

「您是孩子的父親。」

馬庫斯知道，但他必須在這個地方說出來。

「九年來，凡．布倫利用孩子來勒索您。」

「與此同時，他一邊準備逃亡。」艾里阿加回答。他已經知道隱修院的屠殺案了。「他分散了我的注意力。這個人夠聰明也夠狡猾。」

「他很清楚您的為人，知道您不會退讓。」

「顯然如此。」

他面露微笑，但笑容沒能持續多久。

「閣下，這本筆記簿裡寫了什麼？」馬庫斯的語氣咄咄逼人。

「你的記憶。」

「我有權知道。」

「你寫下自己的罪，然後把筆記簿留在告解室的祈禱台上。筆記簿裡寫的事，已經交由靈魂法庭審判過了。」

「我犯了什麼錯？告訴我。」

艾里阿加用憐憫的眼神看著他。

「相信我，你看了不會高興的。」

馬庫斯覺得淚水向眼眶蓄積。那是憤怒，也是疲憊和挫折。

「至少告訴我，我有沒有救下這孩子。」

艾里阿加點頭。

聖赦神父忍不住啜泣出聲。

「如果我垮台，靈魂法庭會跟著我倒。」艾里阿加突然這麼說。「魔鬼辯護者的過去不能有任何污點。」

「您想告訴我什麼？」

馬庫斯抬起雙眼看著他。

「我們兩個都是罪人，我們都應當定罪。但對教會而言，我們又都是不可或缺的人。若是因為我們身為人的脆弱而被迫放棄職務，會發生什麼事？如果我們停止監視惡行，那又會發生什麼事？我們有任務要完成，我們不能允許自己請求寬恕。」

馬庫斯終於瞭解了。他覺得好反胃。

「『他們最大的恐懼，是在失去權力的情況下死去。』」他引用凡．布倫信上的話。

但是紅衣主教話還沒說完。

「你把孩子帶到安全的地方，然後留下他一個人，並向他保證很快會有人去找他。」

「我為什麼要那麼做？」

「因為你知道自己必須死。」

「而我把一切寫在這本筆記簿裡，是這樣嗎？我寫下藏匿托比亞的地點？然後把筆記簿留在告解室，因為我確定這個資訊一定會上達到您這邊，也就是他的父親。」

「你給我機會拯救我唯一的兒子。」艾里阿加確認。「我為此感謝你。你的行為很高尚。」

馬庫斯看著他又走向石灰華岩壁爐，凝視著火焰。

「您不會那樣做，對不對？您不會拯救自己的血肉……」

「有些錯必須是秘密。」紅衣主教看著筆記簿。「有些罪行不該得到寬恕。」

接著，他把筆記簿扔進火裡。

黎明

太陽已經昇起，但距離停電的表定結束時間還有二十五分鐘。

維塔利站在蟻丘的應變中心，手上拿著紙杯，喝著清涼的水。過去四小時內發生了太多事。軍隊進入羅馬，確保了古城中心的安全。工兵負責拯救飽受台伯河水氾濫驚嚇的人民。一隊警員往南下萬國博覽會區的遊樂園，逮捕了五十多人。執法人員開始在街上追捕暴民，拘禁逮捕了數百人，但是，按迪吉奧吉局長的說法，情況尚未完全解危。

到目前為止，死亡人數難以統計，只知道極為慘重。維塔利心想，這些數字本來會更嚴重的。其中有平民，有警察。太多無辜的人，太多孩童。

會造成這個結果，有兩個原因。

停電加上惡劣的天候造成了前所未有的獨特條件。如果只有其中一項，這次的緊急狀況可能不會造成如此重大的傷害和損失。

另外還有一個面向必須列入考慮。集體歇斯底里影響了全體人們，包括好人和壞人。突然失去電力這樣重要的資源，市民覺得迷失，在黑暗中無依無靠。許多人因而產生缺乏理性的反應。

黑暗改變了我們對現實的感知。維塔利心想，就像我們小時候。白天，我們的房間是遊戲場，是個無憂無慮的地方。但到了晚上，房間會變成讓我們躲在被子底下的黑影王國。

一如他的預測，大部分的受害者並不是在街上送命，而是在住宅裡。熟人間的舊日衝突，家人間的長年嫌隙和其他形式的怨恨；黑暗中，一切全浮上了檯面，轉變成血腥復仇的動機。再加上，儘管相關單位提早宣布停電消息，但仍然有人在電梯裡心臟病發過世。維塔利邊想邊搖頭。他不喜歡人。再過幾分鐘，你們就能上網了，該死的白痴。你們又可以連上他媽的社群網路，開始抱怨一切——尤其是抱怨你們自己無用失敗的人生。他也一樣，他也有氣，但那只是因為他在這個晚上失去了那雙漂亮的栗色平底軟鞋。

幾分鐘後，一切會恢復正常——至少會持續到下次停電或下波暴雨來臨。維塔利知道人們忘得很快。沒有人會從這個夜晚學到教訓。當然，死者除外。他從口袋裡掏出一張畫像，稍早，他請警方圖片拼湊專家依他的描述畫出一張臉孔。

「馬庫斯。」維塔利低聲說，沒有人聽到。

接著，他喝下最後一口水，把紙杯揉成一團。最後，為了不要給世界製造更多的混亂，他把紙杯扔到回收紙的垃圾箱裡。

他要她到賽彭提路的閣樓去等他。他到的時候，看到她背抵著門坐在門口。

「我在特拉斯特維雷的公寓被洪水沖毀了。」珊卓拉說：「我沒地方去。」

他牽著她的手，拉她站起來。兩人走進他的小房間。

房間裡，打開的行李箱丟在地上，椅子和床墊扔在角落上，毯子亂七八糟。他沒給她機會說話。他將她拉到身前擁吻她。這是第二次。

「我失敗了。」馬庫斯說。

「沒關係。」珊卓拉說。

她動手脫他的衣服。

他模仿她的動作。他看過她的裸體，他每次都會跟著她到旅館，而她在黑暗中躺在床上，讓陌生的男人和女人來佔有他。但是他感覺到她的皮膚起了一陣奇特的戰慄。他們躺到床墊上，不停地尋找對方的嘴唇。打破沉默的，唯有他們貪婪的呼吸。馬庫斯把手放在她的腿上，緩緩探路。當他進入她時，她還沒有準備好，她發出一聲呻吟，但立刻跟上他的動作。她握住她嬌小的胸脯，獻上無盡的親吻以滿足他的慾望。她拉開身子，突然沿著他的胸膛，往下印了一連串的親吻。接著她把嘴唇貼在他的皮膚上，向他證明自己完全屬於他。他放棄自己，閉上雙眼，迷失在感官享受中。珊卓拉發現他無法再抵抗，於是用身子覆蓋住他，讓小腹迎接他的精子。她放縱地在他頸子的皺褶間尋找庇護。他們都在喘氣，都感覺到幸福。他們沒有看向對方的雙眼，但他們知道彼此相屬。

兩個人沉沉睡去。

珊卓拉先醒過來。她不知道時間過了多久，但注意到天又黑了。她小心地不吵到他，去洗個澡。她看向窗外。這個閣樓房間看出去是羅馬的屋頂，城市又亮了起來。

她想起大衛。如果不是他的早逝讓她成了年輕寡婦，她不會來到這裡，不會感受到心靈上嶄新的寧靜。真的，生命需要破壞才能再次前進。如果她丈夫還活著會發生什麼事？他們可能會發現兩人間出現了從前未曾懷疑過的不合之處，或者差異會導致他們離婚。又或者更糟的，他們明知愛情早已逝去卻仍然在一起。

生命是一連串事件，珊卓拉心想，如果我們不學著接受痛苦的一面，我們不可能得到快樂的回報。大衛的過世，以及她不再為失去他而痛苦，就足以證明。

這就是為什麼，在此刻，羅馬的燈光似乎只為她一個人閃爍。站在窗前，珊卓拉才覺得冷。她過去拿運動上衣，伸手套上衣服。這時，躺在床上的馬庫斯轉過身背對著她。

珊卓拉停下動作。

聖赦神父張開眼睛，轉頭看著她。

「妳好啊。」他面帶微笑說。

但是她沒有說話，也沒有回以微笑。

馬庫斯立刻發現有哪裡不對。

「怎麼了？」

珊卓拉伸出手。她在發抖。

馬庫斯不懂，但他連忙看向讓她害怕的地方：他的右肩。他看到一個刺青。藍色圈環。即使沒有回想起來，但在這一刻，他全懂了。真相讓他全身冰冷。

瑪蒂德．佛瑞和那些虐待致死的謀殺案沒有關係。是他。

「主教」葛達，「玩具工藝師」，影片裡，先讓毒販吃下黑色聖餅再喝下氫氧化納那隻戴著乳膠手套的手，接力賽小屋裡專為克里斯匹設計的菸灰陷阱，穿著他鞋子倒掛在天花板上的「煉丹師」。

每條線索都指向我——只有我。

幾星期前，艾里阿加交付他調查一起發生在九年前的兒童失蹤案。他沒給他任何解釋，只給了一個名字：托比亞．佛瑞。紅衣主教可能累了，再也受不了凡．布倫的勒索。而聖赦神父最後找到了孩子，把他藏在安全的場所。但是，為取得這個結果，他殺了那些人。名單上只差一個人：「黑影大師」。

我把珊卓拉的照片存在手機的記憶卡裡，然後把手機棄置在計程車後座。我想要她參與這起案件，想要她發現我做的事。

把托比亞從「煉丹師」家中帶走後，他把一切記錄在筆記簿中，然後留在一處告解室的祈禱台上，因為他知道筆記簿最後會落到艾里阿加手中。隨後，他前往「玩具工藝師」的住處，從那裡打電話給瑪蒂德．佛瑞，讓她聽到她兒子擬真玩偶發出來的聲音。他本想讓瑪蒂德引導珊卓拉找到「黑影大師」。到這裡，任務就結束了，他可以到決定讓自己死去的地方，也就是圖里亞諾監獄。

我先折好衣服，然後把白色帆布鞋放在下面，因為我想讓人知道我自願裸著身子、銬上手銬下去底下。我把手銬鑰匙放在我覺得自己不可能拿到的地方，也就是我自己的胃裡。我那麼做，是為了懲罰我犯下的殺戮和我造成的痛苦。

找回托比亞．佛瑞。

這個訊息不是要給我，而是留給珊卓拉。當他們找到我的屍體時，妳一定會想知道為什麼我那麼做。但是在妳找到孩子後就會瞭解。他是我死在這裡的原因。

另外幾張從筆記本撕下來的紙也是要給她的——「玩具工藝師」浴缸裡寫著他名字的紙，懸案檔案室裡的數字。這是為了讓她循序找出他倒了血水的路。

珊卓拉看著他，無法克制地流淚。

「為什麼？」

馬庫斯垂下雙眼。

「因為，要拯救孩子的唯一方式，是成為他們的一員。」

馬庫斯現在懂了。托比亞．佛瑞可能已經死在他當初留下孩子的地方，而他自己則是無益地把靈魂賣給了幽影之主。

「芬乃他林。」他說。

在下到監獄前，他吞下了黑色聖餅。因此他忘了一切。迷幻藥引發失憶，即使這次他還記得自己原本是什麼人。

艾里阿加說得沒錯。他去圖里亞諾之前留在筆記簿裡的告解太嚴重。他最好不要看，不要知道真相。忘了最好。

違常之處。

「我們現在該怎麼辦？」珊卓拉問道。她等著他說些話，驅走這場惡夢。「我們會發生什麼事？」

「在光明與黑暗的交界之處，」馬庫斯回答：「一切都可能發生：那片幽暗之地，萬物模糊迷離，一片混亂。我受指派成為邊界的守護者。不過，偶爾會有越界情事……我是追黑獵人。我的責任是將其驅回黑暗世界。」

黎明後三十三天

春天白茫茫的太陽曬乾了街道。

羅馬市中心是個大工地。現代建築物的廢墟中夾著古蹟，但重建工程已經開始。城裡的交通還沒有恢復，只有經過授權的車輛才能通行，其中包括一輛掛著梵蒂岡車牌的黑色奧迪。司機沿著帝國廣場大道往北開時，紅衣主教艾里阿加透過豪華汽車的隔熱玻璃窗欣賞羅馬的轉變。

這場災難讓景觀有了永遠的改變，但同時也帶來了正面意義。例如，他們注意到信仰轉變的人數明顯增多。歷經劫難後，許多人改信了天主教。這點，從慈善機構收到的捐款大量增加便足以證明。艾里阿加不覺得自己值得上天堂，因此，為了自我安慰，他為自己添置了一個鑲了鑽石和紫水晶、和他紅色絲質長袍相得益彰的十字架。

「閣下，您要我把冷氣調低一點嗎？」司機問道。

「這樣很好，謝謝。」紅衣主教回答，他享受陽光帶來的溫暖。

不多久，他們便離開城市，開到了鄉間的路上。大自然是上個月那場大雨的唯一受益者，如今呈現出豐富的色彩和香味。

艾里阿加覺得很寧靜，然而，他應該要焦急才是。自從寇尼尤斯．凡．布倫逃脫之後，世界沒有從前安全了。他自問，不知有多少人只因為和凡．布倫錯身而過就送了性命。馬庫斯應該要處理這件事的，但是，在停電後，馬庫斯就沒了消息。那天，艾里阿加在馬庫斯無助的目光前，把寫了他告解內容的筆記簿丟進火爐裡。

「我們到了，閣下。」司機說。

艾里阿加看著丘陵頂上的房子。

黑色奧迪停在房子前面。司機為他開門，紅衣主教把穿著英國手工訂製鞋的雙腳踏在佈滿灰塵的碎石路上。兩名修女過來迎接他。

「歡迎您，主教閣下。」她們異口同聲地說。

紅衣主教匆匆在她們低下的頭頂賜福。

「妳們都處理好了嗎？」

「是的，閣下，依您的要求處理好了。」

「很好。」他恭喜自己。「陪我一起去。」

兩名修女陪他進到房子裡。房子裡有餐室和湯的味道。艾里阿加發現，有些地方永遠有這些味道。他們來到二樓的小走廊盡頭，兩名修女帶他走進一間空房。

「這間房間的景觀最漂亮，閣下。」其中一名修女向他保證。

艾里阿加立刻走到窗邊檢視。確實，從這個房間可以俯瞰山谷間的葡萄園和牧場。但他感興趣的不是風景。

窗下，一群男孩分成兩隊，在紅土球場上踢足球。

「這些孤兒還好嗎？」他問：「聽話嗎？在學校成績好嗎？吃得夠不夠？」

「是的。」修女確認：「他們很好。」

艾里阿加滿意地點點頭。

「我很高興。」

他想知道的，是其中一個特定孩子的狀況，但既然不能問問題，這個答覆也讓他夠滿意的了。其實，他連那孩子現在的模樣，或是他長得是否還像九年前報紙上的照片都不知道。

「臉上有疤痕的人有沒有再出現？」

「沒有，閣下。自從那一夜之後就沒再出現了。」

艾里阿加關上窗戶。他看夠了。

「我會再回來。」他留下保證，邁步離開。

後記

「羅馬不是一天造成的」這句諺語全球通行，但沒有人知道出處。然而，我發現，若要摧毀羅馬，所需的時間更短。

我一直都知道羅馬經歷過好幾次毀壞。最有名的，是尼祿王下旨焚城，但那是歷史上的謊言。最常見的災難禍首是台伯河。

這個故事的靈感來自二〇一五年二月十九日一場羅馬對鹿特丹飛燕諾的足球賽，當時，（該死的）荷蘭足球流氓在幾分鐘內就摧毀了西班牙廣場，噴泉蒙受了無法修補的損傷。

第二天，心情仍然激憤，我到我朋友馬西莫・帕里西的辦公室坐下，天真地問他我該怎麼在二十四小時內摧毀這個永恆的城市。他不慌不忙地說：「很簡單，只要連續下兩天雨，然後切斷一座電廠的供電，混亂在幾小時內就會出現。」

接下來，他花了一整個下午時間為我解釋，上述平凡至極的兩個事件足以對羅馬人的生活帶來何種災難性的結果。

儘管如此，我仍然花了一年時間深入研究這種災難的可能性以及其短期影響。我向許多專家請益——其中某些是本業相關人員——以得到最終後果。地質學家、考古學家、工程師、城市規劃師和氣象學家都樂於提供他們對世界末日的獨特見解。我因此學到了許多新知（我從未料想過自己有朝一日必須學習這些知識）。

到了最後，我終於有能力摧毀羅馬。

我不得不承認，寫作這本書時，我覺得自己像是漫畫故事中的大反派。然而，有關芬乃他林的細節以及我毀滅城市的個人計畫，我必須感謝米蘭《晚郵報》的瑪塔・賽拉費尼。

此外，我還要感謝義大利警方，多年來，他們不但同意接受我採訪還給予我支持。在本書寫作時，除了為我解釋災難發生時的應變計畫外，還耐心地回答我所有無比荒謬的問題。

我想在書中營造出煩亂和幽閉恐懼的感覺，於是我接受法蘭契斯柯・歐芬諾的提議，由他帶我到羅馬的地下道一遊。馬庫斯和珊卓拉看到的那幢貴族別墅確實存在，而黑暗仍然保護著別墅主人夫婦的幸福目光。

一如往常，我永遠記得強納森神父的貢獻，是他為我帶來聖赦神父冒險故事的靈感。

但讓我最感謝的是聖赦神父團——真正的靈魂法庭，以及幾世紀以來保存下珍貴犯罪史料的所有人士。他們願意與我見面，同意讓我進入建築物，是我永遠無法忘懷的榮幸。

致謝

史蒂芬諾・毛利，我的編輯、朋友。以及與他一起在全世界為我編輯、出版這本書的各位。

法比里奇歐・克可、吉賽佩・史塔拉切里、拉菲耶拉・羅納卡托、愛蓮娜・帕瓦內托、吉賽佩・索曼茲、葛拉西耶拉・切魯提、阿蕾西亞・烏果洛提，和溫暖的克莉絲汀娜・佛斯奇尼，感謝你們的熱情。

安得魯・紐倫堡、莎拉・倫帝、芭芭拉・巴比耶里、茱利亞・伯爾納貝和所有在倫敦出版社的優秀合作人員。

蒂芬妮・卡蘇克、阿娜伊絲・布代依－波寇布薩、阿萊雅・阿莫得。

這本書的創作同時也要歸功於——雖然有時並非刻意——我的大家庭、我的諸多長年友人及最近認識的朋友。同時，我也要加上我口中的「永恆存在」的人，僅光是靠近他們，就足以改變我們的人生。

名字是多餘的，他們知道我多麼愛他們。

Storytella 124

黑城

IL MAESTRO DELLE OMBRE

黑城/多那托.卡瑞西作 ; 蘇瑩文譯. -- 初版. -- 臺北市 : 春天出版國際文化有限公司, 2022.01
面； 公分. -- (Storytella ; 124)
譯自 : IL MAESTRO DELLE OMBRE
ISBN 978-957-741-481-6(平裝)

877.57　　110019707

ISBN 978-957-741-481-6
Printed in Taiwan

作　者　多那托．卡瑞西
譯　者　蘇瑩文
總編輯　莊宜勳
主　編　鍾靈

出版者　春天出版國際文化有限公司
地　址　台北市大安區忠孝東路四段303號4樓之1
電　話　02-7733-4070
傳　眞　02-7733-4069
E－mail　bookspring@bookspring.com.tw
網　址　http://www.bookspring.com.tw
部落格　http://blog.pixnet.net/bookspring
郵政帳號　19705538
戶　名　春天出版國際文化有限公司
法律顧問　蕭顯忠律師事務所
出版日期　二〇二二年一月初版

定　價　330元

總經銷　楨德圖書事業有限公司
地　址　新北市新店區中興路二段196號8樓
電　話　02-8919-3186
傳　眞　02-8914-5524
香港總代理　一代匯集
地　址　九龍旺角塘尾道64號 龍駒企業大廈10 B&D室
電　話　852-2783-8102
傳　眞　852-2396-0050